無所有という考え方

関口喜久
SEKIGUCHI Yoshihisa

文芸社

はじめに

「無所有」という文字を『大辞林』などの国語辞典、漢語辞典で調べてもありません。ですから多くの人が知らないし、考えてみたこともないでしょう。

私がこの言葉に出会ったのは大学三年生の夏休み、一九七三年八月十五日から始まる、三重県伊賀町（現在は三重県伊賀市）で行われた「ヤマギシズム特別講習研鑽会」という一週間の合宿セミナーでした。

今から五十年も前のことです。夏休みで若者が多く、また、年齢層も幅広くさまざまな職業の人が参加し、老若男女合わせて四十七名でした。

あっという間の一週間で、この中で「無所有」という言葉に出会い、その意味を考えることで、この世の中の真実の姿というものを垣間見ることができたのです。このことは非常に大きな体験となりました。

当時、私は明治大学二部（夜間）の学生で地理学を専攻し、サークルは地理学研究部でした。大学へ戻ってサークルの仲間に会った時、どうも私の顔つきが変わっていたらしいのです。それまでは、私の内部で疑問が多く、とんがった思いでいたため、サークルでも険しい顔つきをしていたのが、合宿セミナーから戻った私は何かニコニコしていたようです。

それからの私は、学業は手につかず、サークル活動にも身が入らず、当時高田馬場駅近くにあったヤマギシズム東京案内所へ入り浸るようになりました。その後、三重県のヤマギシズム社会実顕地に参画し、津市にあるヤマギシズム生活豊里実顕地を皮切りに、建設の仕事、養鶏、養豚、北海道での酪農に携わり、そして海外へは夫婦でタイ実顕地に十年間赴任し、各地を移動しながら三十二年間、無所有の実践生活をしてきました。

五十五歳になった頃、離婚もあり、またさまざまな出来事（ヤマギシズム学園のニュースや、参画者が参画を取りやめた時の財産返還に関する裁判のことなど）を経験する中でいくつかの疑問も出てきた時でした。母親が認知症になったことで、介護のため、二〇〇五年にヤマギシズム社会実顕地を退会しました。

退会してみると、所有社会のまっただ中で生活することで噴き出してくる数々の疑問や、ヤマギシズムの生活の中では決して見えてこなかった現実があり、その現実においての解決や解決法を見出せないまま、ズルズルとここまで来てしまいました。

胸のつかえがとれることもなく、もう先の短くなった自分の人生に、私が体験したこと、考えたことをひとまず整理したい、そうすることで社会に何かしら役に立つことがあるかもしれない、少しでも社会の役に立つことをしたい、という思いからペンをとりました。

目次

無所有という考え方

1　自分とは何か（1）

①父と母のこと

私は一九四九年十月の生まれです。

父（文男）が約四年のシベリア抑留から日本に帰ってきて、先に日本に着いていた母（千代）と再会して私が産まれたのです。結婚した当時は母も渡満していて、父と母は満州で新婚生活を送っていました。

その後、弟、妹、妹と産まれてにぎやかな家族となりました。父はソ満国境守備隊でした。満州黒河省勝武屯、満州第六九四部隊渡辺隊に所属していて、階級は曹長でした。

②母の引き揚げ

ソ連参戦の急報を受け、砲声が響く中、軍人の家族および一般在留邦人は後方に退避の命令が下ります。母が何とか身につけて持ち帰った観音経の裏表紙に当時のメモが残っています。父と一緒に記憶をたどったものと思われ、父の細かい字でびっしりと書かれています。

当時母は身重だったようで、メモには同じ官舎の婦人達と三日分の食糧を持って軍用車で孫呉という町に向かい、次に鉄道で北安という駅に着きましたが、ハルピン駅までの間が水害で不通のため、数十日を転々として過ごしたとありま す。その後、同じく鉄道にて新京に移

満州黒河省官舎にて新婚当時の父 文男（26歳）と母 千代（22歳）

動。移動中も満人に身体検査を受け、一切の所持金品はことごとく掠奪されました。さらに南下して奉天、そしてコロ島に至る、とあります。

開拓団の人達は歩いて逃げるしかなく、多くの人が犠牲になったことを、私は本や雑誌『家の光』、新聞、映画「大地の子」などで知りました。今、読んでいる若槻泰雄著『戦後引揚げの記録』には関東軍に見捨てられた、敗戦国民となった日本人、とりわけ婦女子がソ連兵からすさまじい暴行を被《こう》むった悲劇が綴られています。抵抗する者、逃げようとする女性は見境なく射殺され、白昼の駅で子供や夫、家族の見ている前で暴行・強姦された、とあります。中には二十数名の婦人達は青酸カリを飲んで自決した、とも。

この本を読むと、母は軍属だったから鉄道で南下することができて助かったのだと推察できます。その母も当時のことを詳しく話してはくれませんでした。わずかに話してくれたのは、逃げる途中の奉天で長女を出産したこと、栄養失調で産まれてまもなく亡くなったので爪を持ち帰ったこと、食べるものが無くて、中国人がゴミを捨てるゴミ捨て場に行って、ほんの少し残っているイモの先っぽなどを集めて食べて飢えをしのいだこと……。子供を連れた婦人の中には、もう子供を育てられないと子供を中国人に売った人、満人の奥さんになった人もいたようです。

その母も五年前に九十六歳で亡くなりました。

母の遺言というか、いつも言っていたのは、「戦争は絶対やっちゃ駄目！」という言葉でした。父の死後は、親戚の温かい援助もありましたが、女手一つで私達を育ててくれました。

③父の帰国

父は約四年の抑留生活を終えて、栄養失調でむくんで帰ってきたそうです。

池袋の駅から「フミオカエル、イケブクロ」と電報を打ち、叔父に迎えに来てもらった時、父は最初に「千代は帰っているか？」と、母の安否を尋ねたそうです。「帰っている」と聞いたとたん、ヘタヘタとその場に座り込んでしまったとか。

生きているのか死んでいるのか分からないまま、もし死んでいたら母の実家にどのように詫びればいいのか、不安な気持ちでいっぱいだったのではないでしょうか。

私が父の立場だったら、多分同じような行動をとったのではないか、そんな気持ちになりますし、安心したとたんにその場にへたり込んでしまった心境も分かるような気がします。その後は母と共に、銃のかわりに鋤を手に、農業に打ち込みます。四人の子供を育てながら農協の監事も務めました。

④父の死

しかし父は四十一歳の夏、一九六一年八月十五日、秩父に戦友の墓参りに行った帰り道、事故に遭いました。場所は大野峠の近くです。

そこでは林業が営まれていました。その時、一方の山からもう一方の山にわたるワイヤーケーブルが設置されていました。伐採した長さ四メートルの丸太を前後二本のワイヤーで吊るして、山から山へと送り、受け取る山の中腹にそれを受ける場所を作っておいて、集めた材木をトラックに積むというものです。

その日は丸太を吊した二本のワイヤーの一本がはずれてしまい、丸太が直立した状態で滑ってきたところに、ちょうど墓参りを終えて自転車で下ってきた父が遭遇してしまい、父の頭を直撃したのです。即死でした。

お盆だったので、私は親戚の家へ遊びに行って、にぎやかに遊んでいました。突然呼び出され、母と二人の叔父と四人でタクシーに乗り、秩父の山奥の現場まで行くことになりました。父の服のポケットの中に農協の手帳があったので農協に問い合わせがゆき、母に連絡が来たそうです。

秩父の山中に着いたのは夕方だったように思います。父が寝かされていて、コモ（むしろ）がかけられていました。私は、そばにあった自転車に目をやると、父が乗っていた見慣れた自転車であることが分かりました。少し歪んでいましたが、その自転車を見て、父に間違いないという思いが走りました。母はヨロヨロと父が寝かされている場所に近づき、父の顔を見たとたん、泣き崩れました。私もただただ涙が出てきて止まりませんでした。二人で泣いて泣いて……。

しばらくして涙も涸れて、その場に座り込んでしまいました。そしてそこで、父を運ぶお棺ができるのを待つことになりました。随分と長い間待っていました。見上げると杉木立の切れ目から星がまたたいていて、下の方からは小川の水の音が聞こえてきました。夏だというのに、涼しく寒く、ふるえながら母と待っていました。

ようやくお棺ができて父を収容し、父と一緒に帰ることになりました。家に着いたのは夜の十二時を回っていたと思います。親戚の人や隣近所の人達が集まっていて、父を待っていました。帰ってきた父を見て、また多くの人が泣きました。

その日の夜はどの部屋で寝たのか覚えていません。

当時母は三十七歳、私は小学校六年生、弟は四年生、妹三年生、一番下の妹はまだ三歳でした。祖母七十一歳を含め六人家族になりました。

2　自分とは何か（2）　先祖の系図をたどる

①私の誕生

私は父と母の間に産まれました。父の精子と母の卵子が結合し、受精卵となり、十月十日を経てこの地上に産まれてきています。

「たったひとつの細胞が、実はすべてを持っていたのです。すべての能力を備えたひとつの細胞が分化して、複雑な機能を持つそれぞれの細胞になったわけです。―中略―人間を含む、ほとんどすべての動物は、一個の受精卵という細胞からはじまり、しだいに成体がつくられてい

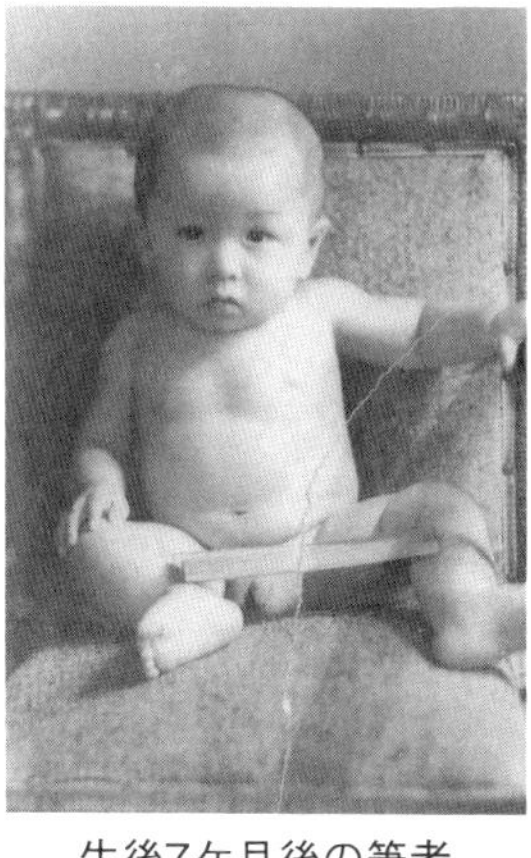

生後7ケ月後の筆者

きます。—中略—人間の場合、誕生したばかりの赤ん坊は約3兆個、成人では平均6兆個の細胞からできています。」

（『〝気〟の発見』西野皓三著）

人は誰でも例外なく、父と母の間に産まれてきます。その系図をたどってみましょう。

②私の先祖は何人？

「誰でも両親は2人である。祖父母は4人、曽祖父母は8人と、世代を遡《さかのぼ》るにつれ、先祖の人数は倍増する。1世代20年とすると、20代前には100万人を超え、30代前には20億人を超えてしまう。それぞれたった400年前と600年前のことである。もちろん、そんな数の日本人が住んでいたはずがない。逆に1人の祖先から何百万人もの子孫が生まれたと考えるべきである。」

（『産経新聞』二〇一一年六月十一日「書評倶楽部」〝自分と日本を新しく発見〟インスパイア取締役・成毛眞の記事より）

「地球上の人類は、今から三〇〇万年前に発生したとされている。ただし、これは人類学上の「肉体」だけのことをいっている。

この人類学上でいえば、最初の人間は男、女、各一人ずつであったろう。その二人の男女が、地球上の人口の何十億にもなったのであるから、現在の人間は聖人も偉人も、国王も大統領も、一般の人たちも、ルーツは同じ人間を祖先としているものである。となれば、世界中の人間は全て平等であることになる。

自分一人が存在するために、親が二人必要である。その両親が存在するために、その両親が四人あったはずである。このように数えていくと、一〇代前には一〇二四人が必要で、二〇代前には一一一万人の人間関係があり、さらに三〇代の昔を考えるとなると、何十億の人間がいなければ、今の自分が存在しなかったことになる。」

（『未来への発想法』政木和三著）

これらの書籍や記事を読みますと、地球上の誰もが、国籍・肌の色に関係なく、父と母の間に産まれているし、私につながる先祖の何と多いことでしょうか。私一人の御先祖が三十代前で二十億人といいますが、友達やその友達もそれぞれ二十億人ずつということになります。しかも、すべての世代で両親のうち、どちらか一方が欠ければ、今の私は存在しないということになります。

つまり、私の体の中に無数の、数え切れない御先祖様の受精卵が生きていることになるのです。

③ネアンデルタール人のＤＮＡが私の体の中に⁉

「人類進化研究にノーベル賞」という記事が、二〇二二年十月四日の東京新聞に掲載されました。

「スウェーデンのカロリンスカ研究所は三日、二〇二二年のノーベル医学生理学賞を、ＤＮＡ解析に基づく人類の進化の研究で成果を上げたドイツ・マックスプランク進化人類学研究所のスバンテ・ペーボ教授（六七）に授与すると発表した。ペーボ氏はスウェーデン出身で、沖縄科学技術大学院大の客員教授も務めている。授賞理由は「絶滅した人類のゲノム（全遺伝情報）と進化に関する発見」。

ペーボ氏は、約四万年前に絶滅したネアンデルタール人のゲノム解析を行い二〇一〇年、ゲノム配列を発表。欧州やアジアに住む現代人のゲノムの1〜4％がネアンデルタール人に由来し、ネアンデルタール人が現生人類と交雑していた証拠を示した。」

続いて同年十月九日の東京新聞にも、関連する記事が掲載されました。それは「4万年前のＤＮＡ読んだ」というタイトルでした。

自分の体の中にネアンデルタール人の遺伝子が生きている、とはどういうことなのでしょうか⁉　絶滅したにもかかわらず、遺伝子は現生人類の中に生きているのでしょうか⁉

現在、日本でも国際結婚が増えています。このことから考えると、四万年後の世界で、もし人類が生き残っていれば、その人達のすべてに白人・黒人・アジア人・ヒスパニックなどの異なった人種のＤＮＡが混じって存在することになるのでしょうか。見た目は当然違っているでしょうが、遺伝子レベルでは混ざって存在する、ということになるのでしょうか。

何だか不思議な気分です。

3　最も大切なもの

①大気

この地球上で生きてゆくのに最も大切なものは何でしょうか？　食糧でしょうか？　それともお金でしょうか？　どちらも必要ですね。私が読んだ『気の発見』（西野皓三著）の中では大気の役割について次のように述べています。

「人間が外からエネルギーを導入するのには、たった二つしか方法がありません。一つは食事で、もう一つは呼吸です。

食事による養分は体内で分解され、身体各部に運ばれて利用されるわけですが、分解や運搬は、「呼吸」なくしては成り立ちません。—中略—

しかし呼吸が止まって、脳に二分間酸素が供給されなければ植物人間になってしまうし、五分間酸欠状態になってしまえば、人間は簡単に死んでしまいます。食事にくらべても、呼吸は〝より根元的で重要〟だと言えるでしょう。」とあります。

確かに水だけで一週間は生きられるでしょうが、呼吸が止まると終わりですね。

酸素を吸って二酸化炭素を吐き出す、という呼吸の元は植物が担ってくれています。植物が酸素を供給してくれるおかげで、私達も生きてゆけます。

そしてこの膨大な大気がぐるりと地球を包んでいます。そのおかげで私がどれだけ酸素を吸い込んでもタダで与えられています。あなたも含め、多くの人類がこの恩恵によって生かされています。

しかし、残念ながらこの大気は汚染され続けています。

②被ばく大国アメリカ

『内部被曝の脅威』（肥田舜太郎・鎌仲ひとみ共著）によれば、「被ばく大国としてのアメリカ」の章で、「核大国アメリカは被ばく大国でもあった。一九四五年、*アリゾナのトリニティサイトで行われた世界ではじめての原爆実験以来、大気圏内原爆実験は一二〇〇回にもおよび、放射性下降物質による放射能汚染は広範囲にもたらされた。」とあります（*筆者注：正しくはニューメキシコ州と思われます）。

日本には五十四基の原発があります。それは海岸沿いに、グルリと日本列島を囲んでいます。まるで袋のネズミです。逃げ場はありません。原発がないのは沖縄ですが、隣の中国大陸には五十一基あります。偏西風に乗って黄砂が関東地方まで飛んでくるのを考えると、中国で事故が起きないことを祈るばかりです。

「十分すぎるほどのプルトニウムを生産し、圧倒的な数の核弾頭を作った後、プルトニウム余剰の時代がやってきた。そして兵器から商業的な利用へと核エネルギーの用途は変貌した。」と、『内部被曝の脅威』にはその経緯が書かれています。

「プルトニウムやウラン236は原子炉で反応してはじめて出てくる人工の核種であり、その毒性は桁違いに違う。プルトニウムは耳かき一杯で数百万人を殺害できる、地球上最も毒性の高い物質である。」

（『内部被曝の脅威』より引用）

③日本の被ばく

いうまでもなく、日本は広島・長崎の原爆投下によって、多くの国民が亡くなりました。当時、広島で救護にあたった肥田舜太郎医師は次のように記しています。

「先程の高熱の兵士が大量の下血をしたという。駆けつけると、敷布から畳まで血の海の中でもがき苦しんでいる。血は下《しも》ばかりでなく、鼻からも口からも眼尻からも吹き出していた。本人が頭にあげた掌の下で五分刈りの髪の毛がまるで掃いて棄てるように抜けてきた。習ったことも見たこともない凄まじい症状に足がすくんで、手がわなわなと震えた。おろおろする私の目の前で、ごぼっと吐いた血の中に顔をつけて患者は事切れた。」

「最後の方は息ぎれしてしどろもどろになったが、ピカには遭っていないと繰り返し訴える通り、からだのどこにも火傷や怪我がなく、衣服にも破れや焼け焦げはない。本人の訴える通り、原爆の爆発時に市内にいなかった者に、どうして死んでゆく被害者と同じ症状が現われるのか。―中略―死因不明で私の手のなかで死んだこの人の名を私は知らない。

しかし、この人こそ、その後の六十年、私が生涯かけて探求することになった原爆の内部被曝の最初の証人だった。」

（『内部被曝の脅威』より）

私は「日本が唯一の被ばく国」と言うのはやめた方がいいと思います。

唯一の被ばく国という人の頭の中には原子爆弾による被ばくがあると思っています。

しかし、核爆発という面で見れば、アメリカニューメキシコ州での最初の核実験の時も風下に住む人や核実験に参加した兵士も被ばくしているでしょう。マーシャル諸島の水爆実験やチェルノブイリ原発事故でも周辺のヨーロッパ諸国で多くの人が被ばくしています。

「核兵器のない世界」という考え方だけでは被ばく者は減らないでしょう。むしろこれ以上被ばく者を出さない、ということで、多くの人と手を携えることができるのではと思いますがどうでしょうか。

原発も運転中は微量の放射性物質を出すということもあるし、事故が起きれば人間だけでなく多くの生物が被ばくします。最近では劣化ウラン弾も被ばく者を生み出しています。

『内部被曝の脅威』の中に、「イラクの被ばく者たち」というのがあります。

「湾岸戦争時、米軍はここでクウェートから撤退するイラクの戦車隊を劣化ウラン弾で壊滅させた。その戦車や車両が数十台も集められている。装甲にはまるで柔らかい豆腐に指をつっこんだような穴が開いている。劣化ウラン弾の弾痕の特徴だ。劣化ウラン弾は目的物にぶつかった衝撃で三〇〇〇～四〇〇〇度という高い熱を出す。その熱でぶ厚い戦車の装甲を貫通して、内部で爆発を起こすように設計されている。」

「ガンマ（線）放射線計測器で穴の周囲の汚染状況を計測すると、針が少し上向きに振れ、地上に転がっていた三〇ミリ弾を測ると、一段と高い音を出して針は通常のおよそ百倍の値、三・五〇マイクロシーベルト／時（他の場所では〇・〇三マイクロシーベルト／時）を指した。放射線を出している――。それだけで恐怖を感じた。確かに放射性物質である。」と述べています。

この劣化ウラン弾の最近の様子も書かれています。

「今やアメリカのみならず、イギリス、ロシア、トルコ、フランス、サウジアラビア、タイ、イスラエルがアメリカの技術を用いて劣化ウラン弾を自国の軍隊システムに開発導入し、世界の武器マーケットで販売している。その劣化ウランを含有する対戦車砲、M－

833を保持する国のリストはNATOに所属する国々、ベルギー、カナダ、デンマーク、フランス、ドイツ、ギリシャ、アイスランド、イタリア、オランダ、ノルウェー、ポルトガル、スペイン、オーストリア、エジプト、韓国、台湾まで及んでいる。そしてすでに日本がそのリストに入っている。」

私が知らないうちに既に発注し、保持しているということなのでしょうか。

この「日本がリストに入っている」というのを見た時、いったい日本は広島・長崎で何を学んだのだろうと思いました。しかし、その後すぐに「ちがう」という自分の声があります。

「自分が何を学んだのか」というのが抜けていることに気づきます。

このことはヤマギシズム社会実顕地にいる時、ある人に言われた言葉を思い出すのです。それは「あんたはいいことを言うが、それを自分でやろうとしない」でした。その次の言葉はありませんでしたが、私はすぐ分かりました。要するに「口先だけの人間」という意味です。このことは今でも私の胸にグサリと突き刺っています。「抜けばいいじゃないか」と言われるかもしれませんが、抜くともっとひどいことになりそうなので、そのままにしています。

④世界中の被ばく

『世界の放射線被曝地調査』（高田純著）によると「第二次大戦後、米ソを中心とした核兵器の開発競争のなか、一九九八年までに二四一九回、総出力五三〇メガトンの核爆発が実施された。この内訳は米国一一二七回、ソ連九六九回、英国五七回、フランス二一〇回、中国四四回、インド六回、パキスタン六回である。」とあります。そして、「主な核兵器の実験場は、北米ネバダ、マーシャル諸島エニウエトック環礁およびビキニ環礁（以上米国の実験）、カザフスタンのセミパラチンスク、北極圏ノバヤゼムリャ（以上旧ソ連）、オーストラリアのエム、モンテベロ島、マラリンガ、太平洋クリスマス島およびマルデン島（以上英国）、アルジェリア、ポリネシアのファンガタファ環礁とムルロア環礁（以上フランス）、中国ロプノル（中国）、インド、パキスタンにおよんでいる。

これらの核爆発から大気圏内に放出された人工放射性物質により、地球全体が汚染した。南半球とくらべて北半球の方の汚染度が高い。」としています。

つけ加えるなら、この核実験のあとにチェルノブイリの原発事故と福島第一原発の事故が続くことになります。

⑤中国の核実験について

二〇〇八年八月十一日の産経新聞に『中国核実験46回　生命・土地・資源犠牲に　ウイグル人医師放射能汚染の惨状訴え』の記事が掲載されました。

「中国は1964年以来、私たちの土地で46回もの核実験をしたが、これが知られていない。区都ウルムチの病院の腫瘍《しゅよう》専門外科勤務だった私が調査したが、ウイグル人の悪性腫瘍発生率は、中国の他の地域の漢人と比べ、35％も高かった。―中略―

だが中国は核実験による放射能汚染や後遺症の存在を認めていない。

初の日本訪問だが、原爆の悲惨さを世界で一番よく理解している方々に、核被害が日本人だけでないことを知ってほしかった。―中略―モルモットにされたウイグル人の生命、土地、資源が犠牲となった。―中略―

五輪後も、中国のウイグル人への人権弾圧は続くだろう。日本には毅然《きぜん》として中国に対峙《たいじ》してほしい。」

中国がなぜ内陸部ではなく、新疆ウイグル自治区を核実験場に選んだのか。その理由は、はっきりしていると思います。

中国の歴史を見ると、その根本に東夷西戎南蛮北狄の中華思想があると思います。北方からの脅威に悩まされていたのか、その名前を蒙古、匈奴、鮮卑などまがまがしい字を使っています。日本の女王についても「卑弥呼」と卑しいという字を使っています。

私が思うに当時の倭国内では当然「日美子」「日御子」あるいは「日巫子」だったか。いくら何でも卑しいという字を使うことはまずないと思います。百パーセントないと思います。

ですから中国の古誌『魏志倭人伝』に記載されているからといって、それを疑うこともしないのはどうなのか？と思います。

⑥シルクロードツアーに参加した時

私は二〇一五年四月末からのシルクロードツアーに参加して、西安（昔の長安）、敦煌、トルファン、ウルムチなどを観光してきましたが、ウルムチ市場入り口の光景が、今も忘れられません。

道路をはさんだ向かい側に戦車があり、その砲身は水平よりも下がっていました。機関銃も同じです。兵士を三人見かけましたが常駐している様子でした。それはウイグル人が毎日毎朝、買いものをするたびに目にする光景であり、彼らは銃口の下を歩いてゆくのです。写真を撮ろうか、と一瞬思いましたが、怖くてやめました。

もし逆の立場だったらどうなのか？　と中国人は考えないのでしょうか。その時、私は「中国人は『力』しか信用しない」という言葉を思い出しました。

⑦中国人は武力が一番

『正論』二〇〇二年十二月号に掲載されたインタビュー、『私が実感した中国人の習性戦乱の大陸を駆け巡った老実業家の述懐』（カネミ倉庫会長・加藤三之輔）は、「すべての前提は武力」という見出しから始まります。その中に、

「先ず根本的にですね、シナ人はどんな話をしようと、どんなに扱われようと、その国でいえば武力、個人でいえば相当量の兵力を持っていない人間は、一人前には扱われませんね。これがシナ人の原理です。―中略―中国共産党の方は、例の批林批孔で林彪と一緒に孔子を批判したぐらいですから全くいけません。―中略―だから外交であろうが、仕事をしようが、武力が第一です。その次に金です。けれども金は自分が巻き上げるためにあるだけで、本当に敬意を払うのは武力だけですね。」

と、記されています。

私はタイに赴任している時、中国人（正式には中国系タイ人）に馬鹿にされた経験があ

り、そのためか中国人に対して公平公正ではなく少し厳しい姿勢であるかな、と反省もあるのですが、この武力が一番のテーマでは、中国人は金を持っている力、腕力、政治力あるいはコネの力、要するに相手に対し優位に立てるような力を信奉していると思っています。

中国共産党が比林比孔で孔子を批判しました。それによって何が起きたのか。孔子は例の「仁、義、礼、智、信」で有名ですが、これを葬ってしまいました。何が残るか、と考えると政治への口出しは駄目、孔子の徳も駄目、あとは経済しかない。要は金もうけでしょう。つまり拝金主義というか、それ一色が中国全体を覆っているように感じます（違う、と思う人がいれば教えてください）。

⑧民主主義は台湾に学ぶべき

かつて中国共産党は「工業は大慶に学べ、農業は大寨に学べ」と言っていました（そのように記憶しています）。

私はこれに「民主主義は台湾に学ぶべき」とつけ加えたいのです。台湾は李登輝総統が中国四千年の歴史上はじめて武力や暴動、流血の事態ではなく選挙によって政権交代を成し遂げるという快挙を実施しました。

残念ながら中国大陸ではこの経験がないのです。方法論も研究できないでしょう。選挙のやり方、選挙管理委員会の作り方、投票箱の設置など、イロハから台湾に学ぶことで混乱なく時間がかかっても進んでゆくと思います。

もちろん一回の選挙ですべてが変わることはないでしょう。中国大陸は広大で人口も多いため、台湾よりはるかに長い時間がかかることが予想されます。

しかし、この取組みがなければ今まで通りの、四千年も繰り返してきた暴動、流血の事態から力のある人が次の王朝を樹立することになるのではないでしょうか。

4　私のカラダは私のモノか？

①受精卵

私は父と母から五十パーセントずつ要素を受け継いでいるとしましょう。オギャーと泣いて産まれてきた私ですが、この私の体はどうなっているのでしょうか。私のもの、と言えるのでしょうか。父と母の受精卵での誕生です。私の体は私のもの、と言える根拠はどこにあるのでしょうか？　多くの人はどう考えているのでしょうか？　父と母の受精卵から始まったのですから、大人になってもそれは変わらないはずです。

私の体は私のもの、と言えるとしたら、それはいつから始まったのでしょうか？　いつから自分のものと言えるようになったのか、ぜひ教えて下さい。私は、私の体は私のものではない、と思っているのです。

同じように、私の父や母、またその親の祖父母、さらに曾祖父母も一個の受精卵から始まっています。つまり、私の体の中に無数の数え切れない御先祖様の受精卵が生きていることになります。大事にしなければなりませんね。このような考えは間違っているでしょうか。

私のもの、私が買ったものは私のもの。私のスマホ、私の服や靴、私の車、私の家、私の夫、私の妻、などなど。私のものばかりの世の中ですが、本当はどうなっているのでしょうか？

どう考えても、私が産まれ出た瞬間から私の体は私のもの、となるのは無理があります。母のお乳をいっぱい吸って、排泄もお世話になって、離乳食から始まって、食べさせてもらい、服を着せてもらって、具合が悪くなれば夜中でも関係なく、近くの小児科の先生に診てもらい、少しずつ大きくなって今日まで生きてきました。反抗期には両親に憎まれ口をたたきながら、わがまま放題生きてきました。そのへらず口が言えるのは、〝自我〟が芽生えてきたからだ、と言われますが、自我とは何でしょう。どこから生えてきたのでしょうか？

その根っこはどこにあるのでしょうか？

②自己意識

私自身を意識しますと、私は下の弟、妹に対して「お兄ちゃんなんだから面倒みるのよ」と言われながらも、長男だけに両親や周りの人達からチヤホヤされて今日に至っています。そんな育ちの過程で自分と他人を識別してゆきます。ところで他人とは何でしょう？どういうものなのでしょうか？　兄弟は他人の始まり、と言いますが。

結婚というのは男女（最近は同性同士も）が一緒に暮らし始めてゆきます。元はといえば他人ですね。他人同士の男性と女性が結婚して、今度は身内となっていきます。

もう一度確認します。私がいつから私というものを意識するようになったのでしょうか。この私の体は親からもらった大事な体。暴飲暴食はしないよう大切にする、これは大事なことですが、そもそも両親だけから受け継いだ体ではありませんね。

この私が、御先祖様の受精卵を受け継いで、御先祖様だらけのこの体が私のものではないということなのでしょうか⁉　その通りになりますね。今まで誰も教えてくれず、勉強もしてこなかったし、そもそも学校の先生はひと言も言わなかったじゃないですか！

③自殺する者は死刑

ヤマギシズム社会実顕地にいた頃、ある老人が「自殺する者は死刑だ」と言ったのです。一瞬、何のことかさっぱり分かりませんでした。自分で自分を殺す、悲しいことがあり、つらい、苦しいという重荷の中で自殺する人が出ても仕方がない、と思っていました。よくよく考えてみれば、私の体は私のものではありません。父と母の受精卵からできています。

その体を私が殺してもいい道理はありません。

過去から連綿と続く生命の歴史の中で、次の世代につなげてゆける存在を、自分で葬っていいわけがないのです。だから死刑は当然なのだ、と考えてきて、やっと分かったのでした。

自殺を認める、許せる根拠も、自殺をする資格も権利も誰も持っていないのです。

5　地下は誰のものか

①地下は

日本の首都、東京の地下には多くの地下鉄が走っています。もちろん名古屋、大阪、京都、神戸、福岡、札幌、仙台など多くの都市にも地下鉄はあります。表面の土地は詳しく土地台帳に線引きされ、境界杭が打ち込まれて、地図に載せられています。各々が保有する資産は固定資産台帳で運用されています。では、実際の地下はどうなっているのでしょうか？

最近のニュースによると、洪水対策として地下に水ガメとして大量の水を蓄えることができる水ガメのような地下空間（地下神殿とも）が作られているということです。雑誌で見たことがありますが、壮大なものです。あれは誰のものなのでしょう？

国土交通省が管理するもの？　国のものでしょうか？

しかし、この巨大な地下空間の上部表面には住宅や道路、あるいは畑があるかもしれません。この場合、表面は個人のもの、その下は国のものになるのでしょうか。

知っている人がいたら教えて下さい。

②人間の中身は？

例え話が汚くて申し訳ないのですが、先ほどの「表面は個人のものだけれども、その下は個人のものではない」ということを人間の体にたとえると、表面は私のものだが、内臓は私のものではない、ということになります。

食べ物を口に入れてから食道に入ると食べ物は私のものではない!?　となります。胃や腸、そしてウンコは誰のものなのか。私の体は私のもの、と思っている人は当然ウンコも私のもの、ということになるでしょう。では、肛門から出たとたんに私のものではなくなる!?　肛門から出かかったウンコは半分が私のもので出た部分は私のものではなくなる!?

ということになるのでしょうか。

私の体から出たオナラは私のものではない。そのオナラの臭いを嗅いで「クサイ」と叫ぶ私は、かつて私のものだったオナラの臭いを嗅ぐ……ということになるでしょうか。

私が書店で見つけた『トンネル工法の〝なぜ〟を科学する』という本を読んだところ、「大深度地下の公共的使用に関する特別措置法」という法律があって、トンネルを掘る時には地下四十メートル以上は所有権が及ばない、というのが法的根拠になっているようです。

地下四十メートル以上ならどこを掘っても所有権が及ばない、ということなら将来的には地下都市も建設されるかもしれません。

諸外国ではどうなっているのでしょうか。一部の地上では国境紛争が現在でも続いています。あくまで地球表面上の問題です。多くの人類が住んでいて、そこでの利害対立もあり、紛争・戦争があります。

歴史をひもといても、この表面上の土地の奪い合いから何人もの人が死んでゆきました。今も続いています。これは人間社会のみに起こっている事柄です。周りの植物、動物にとっては迷惑以外の何ものでもありません。

6　海は誰のものか

海は

「うみはひろいなー、おおきいなー♪」の歌にもあるように、地球には広大な太平洋、大西洋、インド洋など七つの海があります。ここに無数の魚達が生息しています。

今まで不足を感じることはなかったように思いますが、近年サンマやイワシ、サバ、マグロなど日本人の食卓を支えてきた魚の漁獲量が減ってきている、との新聞記事を読みました。最近のいろいろな国でおきている和食ブームの影響もあるのでしょうか?

お隣の中国でも、最近サンマを食べるようになって、大型船で日本近海を走り回り、排他的経済水域の外側で回遊してくる魚達を一網打尽にするので日本沿岸にたどり着く前に獲られてしまうとか。

この魚達は誰のものなのでしょうか。誰かのものではありませんね。排他的経済水域の内側の魚はどうなっているのでしょうか。

この内側で獲れた魚は日本のもので「国産」の表示がつくのでしょうか。私の好きな缶詰にも、表示に「サバ（八戸港）」や原材料名「イワシ（国産）」の文字があります。誰のものでもない海の中で、排他的経済水域や手前の領海に入ってきたら国産となるのです。大きなマグロなどは回遊魚なので、思う存分広い太平洋を泳ぎ回っていると思いますが、日本の領海に入る時にパスポートを提示しているわけではありませんね。入国審査もないでしょう。イワシの大群も同じだと思います。イワシの大群が排他的経済水域に半分入ったら、その部分は国産で、残りは国産でない、となるのでしょうか。大きなクジラもそうです。日本の領海に入ると日本のもの。でも外に出ると誰のものでもない。利口なクジラがいて、体の半分を排他的経済水域に入れ、残り半分を外側に出して、悠々と泳いでいたとしたら、どうなるのでしょうか。

7　海はどうなっているか

①海の汚染

核燃料が放出されたことによって世界中の海が汚染されたことについて、『小出裕章が答える原発と放射能』（小出裕章著）には次のような経緯が述べられています。

「一九六〇～七〇年代に、イギリスのセラフィールド（旧ウィンズケール）核燃料再処理工場が、汚染水を計画的に海に流し、世界中から非難されました。一九七五年にはなんと年間五二三〇テラベクレルの放射性物質を海へ放出していたのです。

汚染水が流されたアイリッシュ海は世界一汚染した海になり、アイリッシュ海の対岸にあるアイルランドは、イギリス政府に再処理工場の停止を求めましたが、いまでもそこは動いており、放出量は現在は一〇〇〇分の一に減少したものの、いまだに海を汚染し続けています。」

「二〇一一年四月初旬に、東京電力が、「安全確保に必要な施設が水没しないように」と海に放出した汚染水に含まれていた放射性物質は、一七〇〇億ベクレルでした。」

「海に放出された放射能は、海水で希釈されるため、大きな害はない」という意見がありますが、そんなことはないのです。

魚はプランクトンから小魚、大きな魚へと食物連鎖を繰り返すので、海水中の汚染濃度より放射線量が高くなる傾向があります。」

「チェルノブイリの事故で放出された放射性物質は、八〇〇〇キロも離れていた日本を襲いました。その後、太平洋を渡り、アメリカ大陸を横断してヨーロッパへ行き、再び日本にやってきました。その後、何度も世界を回り続けています。」

②原子力発電は二酸化炭素を出す？

「「原発はCO_2を出さない」というのはウソです。政府や電力会社が、そのように宣伝してきただけです。

原子力発電の燃料である天然ウランは、そのままでは使えないので製錬所で「製錬」します。製錬したウランの中には、核分裂する燃えるウランと、核分裂しない燃えないウランが混在しているので、燃えるウランを集めるために、「ウラン濃縮」をします。燃えるウランは燃料ペレットに、さらに燃料棒に「加工」して、燃料ができ上がります。

このように、燃料をつくり上げる各段階で使われるエネルギーは石油などの化石燃料のため、原発が稼動するまでには、たくさんの二酸化炭素を排出しています。つまり、原発が二酸化炭素を出さないときは、「ウランが核分裂反応」をしているときだけなのです。」

③七度上昇した海水が海に戻っている⁉

「今日の原発の発電量は一〇〇万キロワットですが、それは電気になった量だけで、原子炉の中では三〇〇万キロワットの熱が生み出されており、残りは海に捨てているのです。

―中略― 一秒間に七〇トンの海水を原子力発電所の中に引き込み、原子炉内の余った熱を吸収させています。海水は熱を吸収した結果、七℃上がりますが、そのまま海に戻されます。毎秒七℃上がった七〇トンの海水が海に放出されているのです。それが周辺に住んでいる生物に影響を与えるのは確実です。」

「使用済み核燃料は、冷却するために原子力発電所内にある貯蔵プールで四～五年ほど保管されます。その後、使用済み核燃料からウランとプルトニウムを抽出する再処理が行われます。

抽出されたウランとプルトニウムは、再び核燃料に利用されます。残りは、高レベル放射性廃物となり、超ウラン元素と呼ばれる核分裂生成物を含んだ、きわめて強い放射能の塊です。これは、ガラス固化体にして処理します。

ガラス固化体というと、ガラスの中に高レベル放射性廃物を入れると想像しがちですが、高レベル放射性廃物をガラス原料と高温で溶かし合わせ、キャニスターと呼ばれるステンレス製の容器の中でゆっくり固め、固体化したものです。

ガラス固化体は、手で触れるような温度になるまで、一〇〇万年かかります。」

ここまで一連の文を読むとため息が出てきます。今のところ、ウランとプルトニウムはガラス固化体にして冷やす、ということしかできないようです。

日本は千メートル掘ればどこでも温泉が出る、という火山列島、地震列島でもありますから安全な保管場所はありません。そもそも技術もありません。プルトニウムの半減期が、確か十万年と記憶していますが、果たして人類はその時まで生き延びているのでしょうか？　生き延びているとしても、まるでアニメ『宇宙戦艦ヤマト』に出てくるような地底都市で生きているのではないでしょうか。

④トリチウム除去技術の開発に希望

そんな中で一つの希望が見つかりました。

二〇二一年四月一四日、東京新聞『こちら特報部』で掲載された「トリチウム最前線除去技術に国消極的」の記事です。

近畿大と民間企業が連携して進め、二〇一八年六月に「トリチウム水が普通の水と混ざっていても分離・回収できるフィルターを開発した」と発表しました。

しかし梶山経産相は分科会で「近畿大の研究技術は承知している」とする一方で、「まだ実験室レベルでの研究」と突き放しました。この二ケ月後、政府がトリチウムの処理方針として選択したのは「薄めて海に流す」でした。

記事には次のようなことも掲載されていました。

「ロシアの国営企業ロスアトム。二〇一六年の報道発表によると、汚染された水からトリチウムを取り除く実験に成功した。―中略―トリチウムの量を五百分の一に減らせたという。―中略―

ロスアトムの技術を福島第一原発で使えば、水の量を約七百分の一に減らすことができる。一方、プラント建設と八十万トンを処理する運転費用に、計七百九十億円かかることも分かった。」

どのみちお金がかかるのです。おそらく「薄めて海に流す」のが、一番お金がかからないと踏んだのでしょう。漁業者の了解なしには海洋放出しない、と約束しながら反古にしたのです。東京電力の前社長、会長は責任をとりませんでした。そして、これからもとらないのでしょう。

私は東京電力に投書しました。その投書に対し、誠実に対応してくれた人がいたことを知っています。現場で真面目に対応してくれる人がいる一方で、上層部が責任をとらないというのはどこかで見たような光景です。

「津波を予想できて、その対策ができたのにそれをしなかった責任という裁判」だったと思いますが、私にすればそんなことはどうでもいいのです（少し言いすぎですが）。「誰が責任をとるのか」。この一点が争点の裁判です。

⑤誰も責任をとらない東京電力という会社

津波の予見はできないでしょう。普通の会社でも部下の不祥事がいつ起こるかは分からないと思います。

命を失った多くの家畜や亡くなった人、災害関連死とされる避難所で亡くなった人、

「原発さえなければ」と書いて自死した人もいるのです。そのことに向き合わず、責任もとらず、退職して責任をとった気でいる。このような責任をとらず、責任の意味も分からないような人を社長、会長にしてはいけません。責任をとれない人は社長になってはいけません。

薄めて海に流す前にＩＡＥＡ（国際原子力機関）に来てもらってのアリバイ作りは、ナルホドと思いましたが、中国は日本の海産物の輸入を停止しました。

東京電力は薄めて海に流すことが一番金のかからない方法だと計算したのでしょう。ですが、漁業者への賠償金の支払いもあります。これから何年かかるのか、原子炉内の冷却機能が失われて核燃料などが溶けた後、固まった燃料デブリの状態も分からない中で、たまり続ける汚染水をいくら薄めても流れ出る量は変わりません。三十年から五十年、いや百年かかるとしたら、いくら薄めても、魚に、沿岸に、影響は出続けるでしょう。そして太平洋諸国から、あるいはアメリカからも賠償金請求が出てきたらどうするのでしょうか？　まあ、今の経営責任者はもう生きていないだろうからということで関係ないのでしょうか。その頃には今の政府も、首相も冥界にいるので追及の声も届かないということでしょうか。

しかし、日本のことは日本で解決する必要があるでしょう。

梶山経産相は近畿大の発表に対して、「実験室レベルの話」と突き放しましたが、これまでの科学の歴史は、そもそも実験室レベルから始まったのではないでしょうか。ガリレオの望遠鏡も、今から見ればおもちゃのようなものから、現代の宇宙望遠鏡につながっています。エジソンの電球から今日のエレクトロニクスにつながり、ワクチンも実験室レベルからマウスでの試験を経て、人間に投与するに至っているのではないでしょうか。

どのみちお金はかかるのです。まだ誰もどこの原発運転国も開発していない技術なのだから当然です。私はこの梶山経産相は科学の歴史を知っているのだろうか、と疑問に思います。理解していないのなら誰か教えてあげて欲しいです。

もし分かっていて、今のところ一番安上がりと思える海洋放出を採用していたとしたら大問題です。

今のところ、放射能漏れは福島第一原発のみですが、もう一基の原発が事故を起こしたら、日本海側であればどうするつもりなのでしょうか？

私がなぜ原発とか放射能をおそれているのか、どこから来ているのか、何を学んできたのかを振り返って探してみると、若い頃に見た映画「魚が出てきた日」を思い出したのです。あらすじは省略します。

はっきりと覚えているのはラストシーンでしょうか。重い、固い金属製の箱の中に「宝物」が入っているに違いない、と思った夫婦がついに中を開けてみると、卵大の大きさの石のようなもの（放射性物質）だけでした。そしてそれを素手で触って、あろうことか島の貯水槽に投げ入れてしまったのです。カメラが水の流れるパイプを追ってゆくと港の酒場の蛇口から出てきます。もう一方は海へゆくのですが、暗くなった海面に照明が当たると、数え切れないほどの魚がキラキラと浮いています。岩場では何組ものカップルが何が起きたのか分からない表情をしています。主人公のパイロットは、「もう手遅れだ」と悟って、食べ物を口に入れながら絶望的な笑いを浮かべるというシーンでした。

二〇二三年三月一日の東京新聞一面に『老朽運転助長の恐れ　「原発60年超」へ閣議決定』の記事が掲載されていました。

また五月三十日の東京新聞には『「原発60年超」　きょうにも採決　「延長」基準　不透明

なまま』の記事があり、『政府、詳細は「法案成立後」』と続いています。

また少し戻りますが、四月三日の東京新聞の「こちら原発取材班　全国の原発の状況」を見てみると、美浜原発三号基が四十六年経過して稼働中とあります。高浜原発では一号基が四十八年、二号基が四十七年でそれぞれ新基準に適合、となっています。

私が毎日使っている軽自動車は十九年目になりました。ラジエーターや足回り、メインスイッチやオーツーセンサーなども交換しました。修理箇所は、これから増えてくると予想しています。

車は壊れたら乗れなくなるだけですが、原発が壊れたらそうはいきません。四十年使ったものを六十年使うとして、安全だと言うのでしょうか。車よりはるかに重い部品を使っているでしょうし、一つの部品が壊れたら交換するというのを繰り返していくのでしょうか。「安全第一」というのを考えるなら四十年使うのを三十年にする方が妥当で、正常な判断だと思いますが、どうでしょうか。

もしも日本海側で事故が起きれば、偏西風に乗って関東に放射性物質がやってきます。その時、誰か責任をとれる人がいるのでしょうか。

8　廃炉は可能か

①原発から出る海水温

「ＩＰＣＣは、世界のさまざまな環境問題の源泉を温暖化に求め、温暖化は脅威であるからその防止策が必要である、と言います。そしてその防止策の１つに原発推進をあげているわけですから、結局のところ、かつてワインバーグが個人として考えたことを、今では世界各国政府間の大掛かりな組織が提唱している、ということになります。」

（『原発廃炉に向けて』エントロピー学会編より）

ちょっと待って！

現在稼働している原発の発電量のことと、過去に七度上がった海水を毎秒七〇トン海に流したことはどうなっているのでしょうか？　毎秒七〇トン、一分間に四二〇〇トン。一時間に二五万二〇〇〇トン、一日二四時間で六四〇万八〇〇〇トン、一年間で二二億七五二万トン。一〇万トンタンカーで二万二〇七五・二台。端数を切ってざっと二万二〇〇〇台。

世界では今、何基の原発が稼動しているのでしょうか？　原発一基で一〇万トンタンカーに換算すると、ざっと二万二〇〇〇台分の、七度上昇した海水が海へ流されていることになります。これって温暖化に「貢献」しているのではないでしょうか？

②人から出る空気量

「ヒトは1日に10，000リットル以上空気を吸っています。」

これは二〇二三年九月十八日の東京新聞に掲載された、世界最強レベルの空気清浄機の全面広告にあったキャッチコピーです。

一日で一万リットルというと、一本二〇〇リットルのドラム缶五〇本分に相当します。

一年間だと三六五万リットルなので、一万八二五〇本のドラム缶になります。十人でドラム缶は一八万二五〇〇本にのぼります。

これを日本の人口一億二〇〇〇万人として計算すると、二一億九〇〇〇万本のドラム缶となります。もう想像できなくなっていませんか（二一億九〇〇〇万本のドラム缶は、いったいどのくらいになるのでしょうか）。そして世界総人口の七〇億人ではどうなるのでしょう。

人間は毎日毎日、休むことなく酸素を吸って、二酸化炭素を吐き出しています。となると、人類の存在自体が温暖化に「貢献」していることになるのでは⁉︎ そして今、二酸化炭素を吸って酸素を出してくれる森林面積はどんどん減っているのではないでしょうか？

東京電力といいながら、原発は東京ではなく、東北や新潟県に立地しています。関西電力といいながら、十一基の原発すべてが北陸地方の福井県に立地しています。なぜでしょうか？　都会では危ないから造れないのでしょうか？　事故が起きればそんなことは関係ないと思いますが。

③東日本大震災の事実

『原発ゼロ世界へ　ぜんぶなくす』（小出裕章著）には、動燃（動力炉・核燃料開発事業団のこと。著者補記）が放射性物質をアメリカに輸出していたという、次のような恐ろしい事実の記述がありました。

「福島第一原発の事故で、いったいどれくらいの放射性物質が放出されたのでしょう。政府がＩＡＥＡに提出した追加報告書（２０１１年９月）よると、広島型原子爆弾の約４７０発分の放射性物質が大気中に出たことになります。」

「生物のことを考えるたびに、私は深い神秘を感じます。人間の大人の細胞は約60兆あるといわれますが、もとは１つの「万能細胞」から分裂したもの。１つの細胞が数十兆も複製される中で決定的な役目をするのが「ＤＮＡ分子」です。

―中略―放射線は皮膚や筋肉、骨をつき抜け、多くの分子結合をズタズタに壊します。」

④アメリカへ公害輸出

「ウラン残土はアメリカ先住民「居住区」へ」

「日本の最高裁で人形峠のウラン残土撤去命令が確定するや、動燃は、ウラン濃度の高い残土290㎥を日本国内のどこにも持ち出すことができず、アメリカ先住民の土地に棄てるという選択をしました。」

「米国ユタ州ホワイトメサ。ここはナバホ族・ホピ族などアメリカ大陸の先住民が白人から虐殺や迫害を受けながら「居住区」に押し込められた土地です。ウランが発見され先住民がウラン鉱山の労働力として狩りだされ甚大な被曝を強いられたこの地にホワイトメサ精錬所があります。」

（『原発ゼロ世界へ　ぜんぶなくす』より）

私は動燃がアメリカユタ州へウラン残土を「輸出」したとの文章を見た時、アメリカ側に大金を積んで頭を下げてお願いしたのだろうと想像しました。何故なら当時も今も日本には「核のごみ」処分場がないからです。

この問題について、二〇二三年二月十五日付け東京新聞に『「核のごみ」最終処分で基本方針案　不信募る国の責任』の記事がありました。

この中で「高レベル放射性廃棄物は安全になるまで十万年を要するとされる。大阪大の平川秀幸教授（科学技術社会論）は『日本は地震国。そこら中に活断層がある。地中深くに移した後に問題が見つかった場合、放射性廃棄物を取り出せるのか。原発関連の技術への不信はぬぐえていない。まして十万年先の安全を確保できるのか』と語る。」とあり、要するにこの日本国内には処分する適地はないのだ、ということで腹をくくるしかないと思います。

このことは国の方針につながることだと思いますし、最大のプロジェクトとして取り組む必要があると思います。

ところが歴代の政府の行動を見ても、何とかなると思っているのか、誰かがやってくれると思っているのか、後回しにしているように思います。もちろんプロジェクトの中身は廃炉技術の確立だと思っています。

⑤この国の現状と事実から核のゴミをどうするか

日本列島は火山列島であり、地震列島であります。この事実があります。毎年台風が発生し、被害をもたらします。

エドガー・ケイシーの予言によれば、日本列島は海に沈むとのことです。

この国には五十四基の原発があります。そして地震大国です。阪神・淡路大震災、東日本大震災、このあとささやかれる東海・東南海地震、そして日本海側も危ないと言われています。最終処分場も無い。技術も無い。無いものは無い。どこを捜しても無い。ならばどうするのでしょうか？　解体して、保管して、無害化するしか道は無いと思いますがどうでしょうか。

フィンランドのように固い岩盤をくり抜いて、三百メートル地下に保管庫を造ることもできません。

とにかく無害化する技術・装置を開発するしかないのです。どんなにお金がかかろうが、どれほど時間がかかろうが、これを進めるしかないです。東京電力がお金をかけられない、というのであれば国有化すればいいのです。どのみち、これからデブリの取り出しや賠償金の支払いは不可能になるでしょうから。

なぜなら報道された記事を改めて読んでみると、これからも費用がふくらんでいく様子だからです。

二〇二三年十二月十六日の東京新聞三面に『福島原発事故費用 23兆円に 政府想定賠償基準見直し 上振れ』の見出しがあり、内容が詳しく書かれており、

「対応費用の上振れは3回目。事故直後の11年に6兆円と見込み、13年に11兆円、16年に21兆5千億円へと引き上げたが、一段と膨らむ見通しとなった。

これまで21兆5千億円と見込んでいた対応費用は、賠償が7兆9千億円、除染などが5兆6千億円、廃炉が8兆円。廃炉を除く13兆5千億円は、東電からの支払いが滞らないよう、必要に応じて現金化できる交付国債を国が発行し、原子力損害賠償・廃炉等支援機構を通じて東電を資金援助する形となっている。―中略―

政府による東電への援助額は現時点で13兆円に達する。交付国債の発行枠が不足する見

込みとなったため、政府と機構が援助額の増額に向けた議論を今年9月から進めていた。」とあります。

これを読むと素人の考えですが、23兆円の費用のうち13兆円を国が支えているということは、〈半分国有化〉ではないでしょうか。国の支援がある限り倒産することはないと思います。

しかし、虫がよすぎると感じるのは私だけでしょうか。電気料金は値上げされるでしょう。どう考えても政府の支援なしに賠償、除染の費用を利益の中から出すのは不可能に思えるのですがどうでしょうか。

他に方法があれば私に教えて下さい。

政府がお金を出せない、というのなら政府を替えるしかありません。そんな政府はいりません。欲まみれ、金まみれで自分の懐を暖めるだけの議員ばかりいる政府はいらないのです。汚染物を海に流し海の底に沈めれば済む話ではありません。

生物濃縮、食物連鎖でやがて自分達や子孫の口に放射性物質が入ってきます。

これから何年も、何十年、何百年も冷やし続けるために出てくる汚染水を、このままたれ流しにすることはできません。

お金がたくさんかかるが、誰が支払うのだ、という人がいるかもしれません。私は毎日、新聞を読んでいますが、『東京新聞』の二十二面に能登半島地震への義援金を募る記事が載っています。「困った時はお互いさま」の姿をそこに見ることができます。一億人の人口がひしめきあう日本。一人一円で一億円、百円で百億円集まる計算です。

もちろん計算だけで、実際集まるかどうかは分かりません。でも大事なことは、他に道はないということです。腹をくくるしかないのです。

どこか他の国に持ち出すことができるのか、核のゴミを輸出するのか、どんなにお金がかかろうとやるしかない、と思います。

他に方法があれば、私に教えて下さい！

9　お金のいらない社会は可能か（1）

①すべてタダの世界

私が最初に読んだヤマギシズムの機関誌『ボロと水』の裏表紙には「ボロと水でタダ働きのできる士は来たれ！」と書かれてありました。

私はその裏表紙を見て、タダ働きでは損をするだろうに、と思いました。それが特別講習研鑽会に参加して変わりました。タダの世界でも生きていける、と思ったのです。もちろん、ヤマギシズム社会実顕地の中ではタダですが、それを取り巻く現実の、広大な資本主義社会の中ではお金は発生します。

圧倒的な所有社会の中での、無所有世界の実践だからです。

しかし、私達の所有社会は、そもそも無所有世界の中で営んでいることなのです。

無所有という、宇宙、地球の「海」の中にポカリと浮いている「所有社会」なのです。どんなに調べても、身の回りが所有物であふれていても、この事実は変わりません。

無所有で生きてゆける、無所有経済の中で生活できるということを実践し、実際の毎日の生活を営んでいることを、もっと分かりやすく解明できればいいと思っているのですが……。

②すべてがタダならどうなるの？

すべてがタダならどうなるのでしょうか⁉　誰も働かなくなるのではないでしょうか？多くの人がそう思うのではないのでしょうか。お金をもらえないので働いても仕方がないと。そして、タダならとスーパーやコンビニ、あるいはドラッグストアに行って欲しいものをたっぷり持ち帰るかもしれません。多くの人がそうするので、店はどこも空っぽになるでしょう。そして、その後はどうなるのでしょうか？

誰も働かない。そうするとどんな事態になるのでしょうか⁉

一ケ月もしないうちに食べものは底をつくかもしれません。どうしますか⁉

あらゆる店の中は空っぽです。腹が減りました。

食べものがありません。飲みものは？　自販機ももう出てきません。仕方がない探しに行こう、と車に乗ります。燃料が少ないのでガソリンスタンドへ行きます。誰もいません。給油ポンプは動くのでしょうか。動けばいいし、燃料が残っていればいいです。でも全部空になっていたら、タンクローリーで補給しなければなりません。タンクローリーはどこにあるのでしょう？　そしてタンクをいっぱいにするには？　石油精製所に行く？　でもどうやって？

燃料は何とかなりましたが食料はどうでしょうか？　パンの原料は小麦です。小麦粉はどこに行けばあるのでしょうか？　ごはんが食べたいとなると原料は米です。米は農協の倉庫にあります。米は玄米で保管されているから、その玄米をコイン精米機で白米にすればいいでしょう。

ところで電気は来ているのでしょうか？　来ていなければ発電所まで行く必要があります。水力発電所はどこにあるのでしょう？　火力発電所は都市部にあります。どんな仕組みでどこにスイッチがあるのか、ほとんどの人は知りません。原発が止まっていたら、どうやってスイッチを入れたらいいのでしょうか、怖くて手が出せません。

③タイで学んだこと

一九八八年四月、タイ王国にヤマギシズム社会実顕地を造る、ということで私を含む三組の夫婦で赴任しました。十年間のタイ生活では多くのことを学びました。

タイは自然が豊かです。バナナ、ミカンは一年中あります。ミカンの木などは、上の方で花が咲き、下に行くに従い小さな実から食べられる大きさの実がついています。実際は混在していますが、分かりやすく説明するとこうなります。大きなクリーク（運河）の両側には民家が点在し、その先のクリークまで水田が広がっています。

バンコクから映画『戦場にかける橋』で有名なカンチャナブリという町まで、車を走らせた時、一時間走っても二時間走っても同じ光景が続いていました。しかも、ある村を過ぎると田植えをしており、次の村では稲穂が黄金色に揺れていて、さらに走ると稲刈りをしているといった具合でした。タイの中央平原では一年に三度収穫ができる三期作も可能とのこと。二期作は普通ということです。クリークには大小の魚が泳ぎ、釣ればいいだけでした。

タイでは飢え死にする人はいない、という恵まれた自然環境なのです。もちろん貧富の差は日本以上に厳しいものがあります。例えばタイ全土に張り巡らされた精米所は、すべてタイ国籍の中国人の経営です。

日本は四季があって美しい、と言いますが、自然環境の面から見ると、年に一度しか米がとれないという厳しい状況なのです。

④タイでの忘れられない思い出（過去世のこと）

タイに赴任していた時、バンコクにある法律事務所に、顧問をしてもらっていたNさんをたずねました（元外務省の人で領事もされて、タイ国より勲章も授与されている方です）。

事務所について、先客があったので待つことになりました。何気なくテーブルの上にあった本を見ると、インドネシアの衣料品の変遷に関するもので、写真集でもありました。途中で見開きのページがあり、そこには大きな山がそびえ、手前には旅行本によく掲載されているような、日本でいう茅葺きの五重の塔によく似たものが写っていました。

それを見た瞬間、私の胸の奥あたりがキューンと締めつけられるように痛くなりました。生まれて初めてでした。その時はなぜそうなったのか、分からないままだったのです。

その理由が分かったのは、二〇一三年に東京で、ある霊能者が主催するリラクゼーションセミナーに参加するようになった時です。ある時このことを話すと、霊能者に「昔タイに女性として生まれ、仏教の修行をするために尼僧としてインドネシアに渡っていますね」と言われたのです。

その後もセミナーには何回かに分けて参加しました。私のこれまでの経過、結婚や離婚も含め聞きたいことは山ほどありましたが、何人もの参加者が同じように聞きたいことがあり、それぞれの持ち時間が十五分しかなく、諦めざるを得ませんでした。現在、この霊能者とは連絡がとれません。

しかし、多くのことを教えてもらいました。私の過去世はこの地球で男に九回、女に九回輪廻転生をしているとのことです。地域別にあげますと、インカ帝国の時代（ティワナ族だったか）に生きていました。イギリスでは港湾ヤクザに殺されていました。フランスには一回、イタリアのポンペイ時代に画材店を営んでいましたが、最後は女にダマされて死んでいます。私はせめて王侯貴族のはしくれでも、と思ったのですがそんな過去生は全くありませんでした。エジプト時代もあり、アメリカではチェロキー族に生まれています。もしかすると「涙のふみわけ道」を歩かされたのかもしれません。

日本では奈良時代に朱雀門の建設に携わっていました。鎌倉時代では児玉党の一員だったらしいです。戦国時代にも一度生まれていました。現代に近い時代では、幕末の土佐勤皇党の一員で、土佐藩を勤皇藩にしようと仲間二十三人と画策しましたが果たせず、集団で脱藩しようとしましたが、国境で捕まり、奈半利河原で処刑（斬首）されたということでした。名前は清岡道之助といいます。

私は残念ながら霊もオーラも見えません。ただ、タイでの出来事をキッカケに『転生の秘密』（ジナ・サーミナラ著）や、エドガー・ケイシーに関する本を読む中で、過去世が人生に大きく影響していると思うようになりました。

例えば、恋愛や結婚などで、会ったとたんにドキドキして電気が走ったとか、会った時にすぐこの人と結婚する、と思ったなどは、前世で夫婦だった、恋人だった、家族だったなど縁があってのことでしょう。星の数ほど男女がいる中でのことです。

本の中で印象に残ったのは、ある白人男性が黒人をひどく憎んでいた、その過去世を見るとエジプト時代に捕虜となり、船のこぎ手をさせられたが、その時の黒人の監督官にムチで打たれ、なぐり殺されたというものです。

また、黒人を厳しく迫害した人が次の来世では黒人に生まれてくる、ということもあります。

「脳性麻痺以外の病気で嘲笑に原因をもつ興味深いケースが他に四つばかりある。その一つは、腰椎カリエスで足が悪くなった女の子である。彼女の前生は、アメリカの初期の開拓者だった。彼女の病気のカルマ的原因は、その一つ前のローマにおける前生にあった。当時この人はネロの宮廷の貴族の一員で、闘技場でキリスト教徒の迫害を見物するのを楽しんだのである。彼女は特にライオンの爪にかかって横腹を引き裂かれた少女をあざ笑ったのだ。」

（改訂新訳『転生の秘密』ジナ・サーミナラ著　多賀瑛訳　光田秀監修より）

前世というと、すぐ前の生涯を思いがちですが、千年から二千年も前のカルマもあるというので、分からないことが多いです。

私は輪廻転生を信じています。最近は人生は一度きりだから思いきり楽しまなくちゃと思っている人が多いようですが、何を根拠にそう言えるのでしょうか。

その根拠を教えて欲しいです。

⑤北海道の話

立花隆著『農協』の中に北海道士幌農協の話が出てきます。

「あのころは白いごはんなんかお正月とお盆にしか食べられなかった。ふだんはヒエ、キビごはん、麦ごはん。三食白いごはんが食べられるようになったのは昭和も四十年を越してからだね。

家なんかも、いまの町中で一番ぼろな家が、当時の一番立派な家だったから、部屋から空が見える家が珍しくなかった。冬は雪が吹き込んで、吐く息が凍ったもんだ。朝五時から畑に出て、夜まで馬の尻を叩いて、そんな暮らししかできなかったんだからね。」

日本全国で米が余るようになったのは、確か一九七〇年代ではなかったか、と記憶しています（違っているかもしれません）。

それはわずか五十年ほど前のことなのです。

⑥卵

すべてがタダの世界に話を戻しましょう。

卵を食べたい。毎日食べていたっけ。

養鶏場へ行ってみます。鶏の姿はありません。となると雛から育てるしかないです。でも雛はどこにいるのでしょう？　雛はどこかにある孵化場で卵から雛に孵化します。その雛を鶏舎で育てます。

私がいたヤマギシズム社会実顕地では、長さ九十一メートルの細長い建物を二十五部屋に区切り、広さ約八坪の部屋に雌百十羽、雄十羽前後を入れて飼育していました。雌鶏は生後四ケ月目くらいから卵を産み始めますが、五ケ月目くらいで卵は通常の大きさになります。卵を産むので飼料のカキ殻は常時補充していましたね。

ちなみに卵をとる採卵鶏と肉をとるブロイラー用鶏とは鶏舎の造りは同じでも、中身は違ってきます。

⑦鶏肉

次に鶏肉を食べたくなりました。

雛は毎日餌を食べて太ってゆきます。二ケ月もすれば出荷できるようになります。ただ、私は採卵鶏の方に関わったのでブロイラー飼育の中身については知りません。見ただけですが、鶏舎の中にはいつもたっぷりの餌と水があり、食べては床にいるといった様子でした。また他の養鶏場では五十五日齢から六十日齢で出荷すると聞きましたが、ヤマギシズム社会実顕地では八十日齢で出荷していました。

前出の立花隆著『農協』にはこのような記述もあります。

「岡田さんのところでは二棟で四万羽を飼育している。ブロイラーは六一日間飼うと、ヒヨコが二キロから二・五キロの成鶏になって出荷できる。だから、年に四回転させることができ、二棟で十六万羽を出荷できる。」

⑧豚肉

今度は豚肉を食べたい。養豚場へ行きます。

もしも、母豚が残っていればＯＫです。

普通の豚の出産では一回につき十頭前後の仔豚が産まれると聞きました。ヤマギシズム社会実顕地で私が聞いた中で、最も多い時は二十二頭でした。母豚の飼育は女性の担当です。私が入るのは糞出しの時だけです。その時仔豚の数などを見ます。また床に使う敷料（カンナ屑など）は四トンダンプに乗って、私が製材所に引取りにに行っていました。

そして母豚のおっぱいは左右合計十四ケ所なので、十四頭の仔豚は乳を呑めます。残り八頭はどうするのか、と聞いてみると里子に出すとのことです。

一回の出産で産まれる数の平均が十頭です。中には七頭、八頭の場合もあります。そういう母豚のところに里子に出すのですが、話に聞くと自分の産んだ仔豚と違う匂いの仔豚を受けつけない母豚と、そうではなく、どれでもかまわない、おおらかな母豚もいるとのことです。

私は養豚場で経営資料を見たのですが、その資料が見つからないので、『戦略養豚ポイント70』（倉田修典著）を参照します。

「ポイント（51）20～25週齢の管理のポイント」の中に「目標体重　25週齢（175日）115kg」となっています。

次に「ポイント（53）年間出荷頭数」の項目で「母豚回転率2・5、離乳頭数10、育成率97％、枝肉70kg、枝肉手取り400円として計算すると、この母豚1日の売り上げは1860円となる。」と続いています。私が覚えているのは、ヤマギシズム社会実顕地の枝肉は73kg～75kgではなかったかと思います（最近は記憶力に自信がありません。間違っていたら教えて下さい)。

さらに精肉場で各部位に切ってゆくと、スーパーで見るような形になります。もちろん、誰もやってくれなければ自分でやるしかありません。

さて、料理しようと思って台所に立ちます。

ガスはどうなっているのでしょう？　ガスボンベが空になったらどうすればいい⁉　交換の仕方を知りません。ガスが使えなくなったら料理はできません。

仕方がありません、近くの林へ行って枯れ枝を集めて火をつけるしかなさそうです……。

⑨野菜

肉ばかりでなく、野菜も一緒に食べたい、と畑に行きます。野菜が残っていればいいですが、なければ種を蒔くところから始めることになります。

「蒔かぬ種は生《は》えない」し、「自分で蒔いた種は自分で刈り取らなければならない」のです。

私は野菜の自然栽培をやっていて、ほとんど露地栽培です。種を蒔いて、収穫できるまでの日数は大ざっぱですが、ナスは三ケ月半くらい、キュウリやトマトも同じように三ケ月半くらいかかります。

小松菜は割と早く、一ケ月から一ケ月半でしょうか。今日、種を蒔いて明日収穫できる、というものではありません。すべて時間がかかるのです。

頭のいい人はもうお分かりでしょう。

多くの人々の協力・努力・労力があって、初めて私達の何不自由のない、日常生活が送れるのです。お金の支払いがあっても、なくても、それぞれ必要な仕事であることに変わりはありません。お互いに相互依存、相互扶助がなければ成り立たないのです。

私はたまに電車に乗って東京へ行きます。どこで、どんな仕事をしているのか知りませんが、名も知らぬ、会ったこともない、数え切れない人々が、どこかで私の生活に関わってくれているのかもしれないです。

「袖振り合うも他生の縁」ということわざもあります。要するに、一人では何もできず、支え合う形であってもお互いに生活ができれば良いのです。

社会とはその仕組みを考えるところから始まります。

私一人でできることではありません。

多くの人の協力がなければ実現しません。多くの人というか、全世界の人の協力が必要なのです。

「資本主義社会」と言いますが、その中身を見れば、相互依存で成り立っています。「お互い助け合い社会」とも「お互い奪い合い社会」とも言えるでしょう。これを「協力社会」にしていかないと、戦争など争いごとはなくならない、と思います。

10　お金のいらない社会は可能か（2）

①利子とは何⁉

「利子」というものの正体について、『知っておきたい「お金」の世界史』（宮崎正勝著）では次のように語られています。

「古代ギリシアを代表する哲学者アリストテレスは、「お金」を単純なモノとしてとらえた。「お金」は交換の媒介として使うべきであり、利子を取るのは「お金」の用途ではないというのである。―中略―その商取引はモノとしての「お金」の貸し借りであり、他人に損害を与えることで得られる不当な利得は排除されるべきだとされた。」

「そうした利子に対する考え方は、キリスト教やイスラーム教でも同様だった。『コーラン』の第二章「牝牛《めうし》」は、「アッラーは商売はお許しになった、だが利息取りは禁じ給うた」と述べて、商取引、商道徳を重視し、高利貸し付けを禁止している。」

「中世ヨーロッパを代表するスコラ学者のトマス・アクィナスも、その著『神学大全』で、借りて使う「お金」と返す「お金」は同じものではない。それは交換なので、借りたものと同額を返せばよく、利子を払う必要はないと述べている。

ヨーロッパ中世の教会も「金で金を生むこと」を罪とみなした。」

「「お金」が「お金」を生み、利子を取ることが正当であるというような考えは、比較的新しい時代になってから市民権を得た考え方だった。」

『ほんとうは恐ろしいお金（マネー）のしくみ』（大村大次郎著）では、このような記述もあります。

「というのも、今のお金は、何かと交換する権利を有するものではなく、言ってみればただの紙切れなのである。」

「17世紀の商人の悪知恵から始まった現代のお金」

「この金匠は、預かった金の何倍かの「預かり証」を発行し、それを人々に貸し出し、利子を得るという商売を始めた。」

「世界の中央銀行が発行する紙幣というのは、「金（もしくは銀）の預かり証」という形からスタートしている。保有している金や銀の何倍もの「預かり証」を発行し、それを通貨として流通させたのである。だから、世界の通貨のほとんどは、「銀行券」という名称になっているのだ。」

なぜ古代ではなかった利子が生まれたのでしょうか？　キリスト教やコーランも禁じたものが、なぜできたのでしょうか？　権利というところから生まれたのでしょうか？

②どうして利子が発生するのか

私が友人から一万円を借りるとします。仕事をしてお金をもらい、友達に一万円を返す。それだけです。

しかし、中には悪賢い友人がいて、一万円を借りる時に、一万一千円を返してくれ、と言いました。あなたはどうしますか⁉

私はこのような友達からは借りない道を選びます。この千円は何なのでしょうか？　どこから来たのでしょうか？　そしてなぜ利子がついたのでしょうか？　その根拠は何なのでしょうか？

逆に言えばそんな友人を避けて、無利子を希望する者が集まって「友達銀行」のようなものを作ることも可能ではないでしょうか。「銀行」という名前でなくとも良いし、「助け合い基金」などの名前でも良いのです。一人一万円出資して百人で百万円、千人で一千万円となる計算です。

しかし、これだけでは社会全体では解決しません。お金の流れというものがあるからです。

中央銀行（日本の場合は日銀）

貸出

↓

金融市場（一般の銀行など）

貸出
→
企業など
取引・給料などの支払い
→
個人

前出の『ほんとうは恐ろしいお金（マネー）のしくみ』では、一連のお金の流れについて、このように解説しています。

「答えは「借金」である。誰か（主に企業）が、銀行からお金を借りることによって、お金は社会に出回るのだ。」

「そして驚くべきことに、お金が社会に出るためのルートは、これ一本しかないのだ。」

「社会で使われているどんなお金も、元をたどれば誰かの借金なのである。」

「世の中に出回っているお金は、借金の「元本」だけである。

利子をつけてお金を貸してくれる銀行などはないので、元本の分のお金しか、世の中に出回っていないのは、当たり前である。」

「たとえば、日本銀行が、日本社会全体に対して、100兆円を貸していたとする。利子は1%である。

となると、日本社会全体は101兆円を日本銀行に返さなくてはならない。しかし、日本社会全体に供給されているお金は、100兆円しかないはずである。

利子分の1兆円は、どうやって返せばいいのか？」

「それは新たに借金をするからである。」

「現在の経済社会というのは、そうやって回っているのだ。」

「そして、借金が完済されることはない。借金を完済するだけのお金は、社会に出回っていないからである」

「つまりは、我々の社会は「新たに借金をし続ける」ということを義務付けられているのだ。」

「現代の通貨システムには、さらに大きな欠陥がある。

それは、大企業や大金持ちの要求が最優先されることである。」

「それは、我々の社会は常に「銀行の利益」を確保してやらねばならない、ということである。」

③仮想通貨について

『ほんとうは恐ろしいお金（マネー）のしくみ』の著者は、今のお金の仕組みは重大な矛盾、欠陥を抱えているとして「国連版仮想通貨」の発行を提唱しています。

「実は、たとえばノーベル経済学賞を受賞したジェームズ・ブキャナンも、国債の発行で需要を喚起するのではなく、政府通貨の発行を勧めている。

また日本の元大蔵官僚の榊原英資氏や経済学者の森永卓郎氏なども、政府通貨の発行を主張したことがある。

これらの提言が受け入れられないのは「前例がない」からである。」

「どの国も「銀行融資による通貨」しか発行していない中で、一国だけが銀行融資によらない政府通貨を発行した場合、果たして他の国がその通貨を認めてくれるかということである。」

「が、国連ならば、それは可能といえる。」

④政府通貨とは

大村氏のいう「政府通貨」とは何でしょうか？　銀行融資による通貨（日本銀行券）と何が違うのでしょうか？

政府通貨には利子がつきません。銀行券には利子がつきます。

大村氏は「前例がない」と書かれていますが、前例ならあります。アメリカ合衆国です。日本では前例はありませんが、アメリカ合衆国ではリンカーンやケネディの時代に、政府通貨を発行した事例がありました。以下にあげる馬渕睦夫著『アメリカ大統領を操る黒幕：トランプ失脚の条件』で、その詳細が述べられています。

「リンカーンは、財務省に通貨を発行させて戦費を調達しました。

このときリンカーンが発給したドル紙幣は裏側が緑色だったため、「グリーンバック」と呼ばれ、グリーンではなくなった今もドル紙幣の通称呼称となっています。」

「ケネディは大統領時代に、財務省証券という名の政府紙幣を発行しています。ＦＲＢが発行している紙幣とほぼ同じデザインですが、ＦＲＢのマークがなく、その代わりに「政府券」と印刷された紙幣で、42億ドル分が発行されました。ＦＲＢのもつ独占的な通貨発行の権利を脅かしたのです」


大村氏は「おそらく銀行は猛反対する」と書かれていますが、反対はもちろん、「国連版仮想通貨発行」を推進する人は、命が危なくなることも考慮しなければならないでしょう。

⑤利子を取る意味とは

私が産まれた時はすでにお金が必要な社会でした。今でも必要です。その中に産まれ、今日までお金と離れずに生きています。

お金がなくては必要なものは買えない。食べもの着るもの、車や燃料、水道、電気、ガスなどお金が必要なものばかりです。

そして、なぜ利子があるのか。どこから来たのか？　産まれた時はすでに日本銀行は存在しており、例えば一パーセントの利子をつけて各金融機関に貸していたことになり、その銀行に利子をつけて返さなければならない環境になってしまっていました。

『ほんとうは恐ろしいお金のしくみ（マネー）のしくみ』によれば、

「なぜこういう銀行本位の制度になっているのかというと、詳細は後述するが、現在のお金の仕組みというのは、そもそも金貸し（金融業者）が儲けるために作られたものなのである。だから、銀行が儲からなければ、現在のお金は成り立たないような仕組みになっているのだ。」と説明があります。

利子があるから、その利子によってお金が増える。借りた方は借りた分以上のお金を返すことになる。この一方通行だが、貸す方が絶対的に有利であります。

金利は思いのままに設定できます。借りた方は頭を下げてお金を借りて、借りた分以上のお金を返すことになります。

そして、この利子は何かを産み出したわけではありません。

「何度も述べたように、現在のお金の仕組み（中央銀行の発券システム）では、借り手が少なくなったり貯蓄が多くなれば、必ずお金の流通量が不足するという弊害があった。」

（『ほんとうは恐ろしいお金のしくみ』より）

なのでお金が社会に流通すればいいだけなら利子のない通貨の発行も可能なはず。で『銀行に返す必要のないお金』を作る、ということで、これが国連版仮想通貨発行につながってゆきます。

どこまで行っても、お金の必要な社会の仕組みを考えざるを得ない状態です。

お金のない状態＝貧乏＝飢え＝死となるように考えが身についています。身にしみているといった方がいいかもしれません。

この社会から銀行がなくなったら困る、と思ってしまいます。本当に困るのか？　と考えたこともないでしょう。

しかし、古代は利子をとることは禁じられていた、とギリシャの哲学者も言っていました。古代はどうだったのでしょうか。

銀行はあったのか。なくても機能していたのでしょうか。生活が成り立っていたのなら、その社会の仕組みはどうだったのでしょうか。


工業部門を例にとってみると、まず土地を購入するか借りるかします。場所を確保し、そこに工場を建て、原料を購入し、労働者を雇い、電気や水を使って新しい製品を作り出し、販売して対価を得ます。支払いは土地代、建設代、労賃、原料代、電気代、水道代などを支払っていきます。そして借りたお金に利子をつけて銀行に返金します。

工業部門のお金の流れは計算しやすい、という面もあるでしょう。

ところが農業部門の場合は違ってきます。畑は買うか借りるかします。そして雨や晴れ、風も必要ですし、ミツバチなど受粉を手伝ってくれる昆虫の助けも必要です。土壌を豊かにしてくれるミミズや土壌菌の存在も必要です。

人間（私）が畑で種をまいて、育てた生産物（野菜など）を販売して、その対価を得ます。たいていは工業製品より安い対価です。それは農民の労働賃金だけでしょうか。

晴れた天気の暖かさ（暑さも含め）、風や雨、ミツバチが受粉の手伝いをしてくれなければ種ができず、翌年の栽培もできなくなるほど大事な「働き」に対しての支払いもありません。ミミズによって土壌が豊かになり生産量が増えてもミミズから報償金の要求もありません。モグラはあちこちにトンネルを掘ります。トンネル内に空気（酸素）が入って土壌が豊かになりますが、時としてせっかく定植した苗がトンネルで持ち上がり枯れてしまうことがあるので、困る面もあります。ありがた迷惑という側面です。このモグラの地下トンネル工事代金の請求書もありません。仮に私がトンネルの入り口に日本銀行券（千円）を差し込んでも、彼らに使い道はなさそうです。

従って農業というのは小動物や昆虫、土壌菌などの協力がなければ実が成りません。お金に換算できない面があります。

⑥卵の神秘

私は毎日卵を食べています。いつも卵焼きですが、卵を割って小皿の中でふと黄味を見ると両端というか、丸い黄味の右と左に五ミリくらいの「白いヒモ」がついています。もっとよく見ると薄い膜で黄味を包み、両端を少しねじって止めているように見えます。その状態で白味の中に浮かべ、卵の殻を作っていくのではないか、と思うのですが、いったい「誰が」と思います。

ニワトリが卵を産む前に自分で黄味の形を整え、白味の中に浮かべ、卵の殻を作ってから卵を産んだのではなさそうです。ニワトリの内部でこれらのことが自動的になされているのでしょうか。

いったい「誰が」これを作ったのか。人間でもない。ニワトリでもない。何らかの「英知」がこれらを作っているのでしょうか。この卵を人間は作れるでしょうか。どう考えても不可能に思えます。

一方で「カネで手に入らないものはない」という人がいます。『政府は必ず嘘をつく』（堤未果著）の中に「かつてポートランド在住のシティバンク元副社長ブルース・ブレンが、私に語った言葉が浮かぶ。『多国籍企業にとって、カネで手に入らないものなど何もない。目に見えるものも、見えないものも。民間も公共も。ひとつの国家でさえも』」との文章が載っています。

私が想像するに、このような人は卵の神秘など興味はないでしょう。世界一高い高級な卵料理を食べるとか、そんなことを考えてしまいます。

このような人は自然の法則や宇宙の神秘に関心はなく、関心があるのはもっぱら全世界で流れているお金の動きではないでしょうか。

では、私達はどうなのでしょう。

いつの間にか「お金が第一」になっているのではないでしょうか。「命の次にお金」と思っているかもしれませんが、毎日の行動は「金の次に命」のようになっていないか、多少体の具合が悪くても会社へ行く、働く、というように、いつの間にかそうなっているのではないか、そんな風に思えてしまいますが、皆さんはどうでしょうか。

11　お金のいらない社会は可能か（3）

①できるところから始める

二〇二三年九月六日の東京新聞に『お父ちゃんやってます』の記事が掲載されました。四人の男の子を育てる父親が、夏休みで地方の友人宅を訪れた時の話です。友人宅にも同じ年頃の子が三人いたので、子供達は大いに一緒に遊びました。帰る時には友人の三男に「やだやだ」と泣かれたし、「連れて帰りたかったたね」というほど仲良しになる、楽しい夏休みの様子が伝わってきました。

ここからは私の空想と妄想による構想です。

都市に住む家族と地方に住む家族が「無理のない無所有生活をする」というものです。「無理のない」という意味は、すべてがお金で回っているこの所有社会で、無理は禁物だからです。

できる範囲で、無所有のほんの一パーセントや五パーセントでもいいのです。

例えば、都会の家族が地方の家族のところへ行きます。滞在費の中で家賃はタダになるでしょう。当然食費や光熱費もかかります。それでも地方の方で農業をやっていれば、米や野菜は安く済むと思われます。

お互い無理のない範囲で生活することが大事です。

そして、今度は地方の子供が東京へ行きたい、テーマパークへ行きたい、となった時に都会の家族が面倒を見ます。

さらにその子供が東京の大学へ行きたい、となった時は下宿先にすることもできます。地方から米を送ってもらうこともできます。絶対に無理のない範囲で、お金のことも遠慮なく相談できないと長続きしないでしょう。

初めから百パーセントの無所有生活を望んでも無理です。最初は一パーセントでも五パーセントでもいいと思います。

その姿を見て、仲間に入れて欲しい、という人が出てくるかもしれません。

そういう人は仲間に入れてもいいし、今の実情を教え、同じように始めてみることを勧めて、そのやり方も助言します。

都市と農村の方が相互補完関係にあるので良いと思いますが、都市と都市、地方と地方でも良いと思います。都市と地方の家族同士が、手を携え、たとえ血がつながっていなくても（遺伝子的にすべての人間はつながっていますが）、子供達の方は兄弟のように育ってゆく、と思います。

兄弟姉妹が多くなればなるほど、生活は豊かに、助け合いながら、時には喧嘩をしても、力強く育ってゆける、と思います。

無所有の生活を百パーセントにしようと思えば世界全体を百パーセントにしないと成り立ちません。日本だけを百パーセントにしても危ないです。

少しずつ、本当に少しずつやってゆくしかないと思います。少しずつ進めて、賛同者を増やし、協力する人が多くなり、多くなればなるほど豊かになっていければいいと思います。

でも今から始めて地球環境の破壊を止めることに間に合うのでしょうか？

正直、私も間に合うのか？　と思っています。しかし、始めなければ進みません。そして、今の資本主義が進めば進むほど、一パーセントの超金持ちと九十九パーセントの貧乏人の割合が増してゆきます。

これでは貧乏人の側にとっては経済的な奴隷状態と言えます。

その上、地球環境はますますひどくなりそうです。すべての問題をお金で解決することは不可能でしょう。

「お金のいらない村造り」から「社会造り」へ変わる過程には時間がかかります。私の生きているうちに実現は無理でしょうが、始めなければ進みません。

「無所有」ということは、本当は簡単なことです。子供でも分かることです。そう思います。「今の社会は複雑な仕組みで動いている」と思っている人がいるとしたら、その人の頭の中が複雑にからみ合っているだけです。私は、自然界は多様ですが、複雑ではない、と思います。

さらにつけ加えると、無所有社会にたどり着く前に障害になることがあります。

それは「モノ」は豊富にないと駄目だという思い込みからです。「モノ」が足りないと争いになるのは避けられません。奪い合いや、ひどい場合は殺し合いになるかもしれません。今日のウクライナ戦争でも、ウクライナの小麦がロシアに運ばれていたとか。従って注意深く、ゆっくりと進めていく必要に迫られるのです。

②子供と大人の理解度は？

この無所有ということ、お金のいらない社会の話をしても、厳しい現実の中で生活している多くの人達から、「理屈はそうかもしれないが、お金がないと回らないのが現実じゃないか」と返ってきそうな気がします。

でも、小学生はどうでしょうか。私は実際に聞いてみたことはありません。あくまで想像ですが、小学生に「すべてタダの社会だよ」といえば、「じゃあ、スーパーに行って欲しいものをとってもいいの？」と尋ねてくるような気がします。

タダの社会と聞いて、ではどうするのか、となります。子供がスーパーに行って欲しいもの、例えばケーキを見つけて一個しかない場合、どうするのでしょうか？　私は子供達に「どうすればいいと思う？」と聞いてみたいです。

子供同士で考えて、ジャンケンにするか、クジにするか、それともいくつかに切って分け合うのか、明日も入荷すると分かったら、ケーキをもらう順番を決めるのでしょうか……。

大人の場合は、明日入荷するのかどうか分からないなら「早いもの勝ち」とばかり、かすめとっていくのではないかと想像してしまいます。

お金で回っている今の社会でも、お金のいらない世の中になっても、必要な仕事は変わりません。お互いの生活が成り立っていくように考えればいいだけのことです。「じゃあ何も変わらないじゃないか」と考える人もいるかもしれません。その通り、何も変わらないと思いますし、変わったのはお金のやりとりがないことだけです。

私はなるべく病気にかからないように、無駄を省いて、つつましく生きるしかありません。一応、毎日三食御飯を食べられているので満足しています。

一方で過剰になり、一方で足りない、不足するというのは、頭の使い方も足りないと思います。

貧富の差が激しいからといって、お金持ちからお金をふんだくるという革命思想を私は嫌いですし、支持もしません。そんなことをしても世の中は良くなりません。これまで世界のあちこちで多くの民族が、「社会実験」ともいうべき変革を行いました。流血の事態となり、「新しい社会」を喧伝されても、現在の世界を見れば、果たしてどれほど考え方が進歩したのか疑問です。

アメリカの歴史を見れば、本当に自由と民主主義の国なのか、と疑問がわきます。一応自由と民主主義で世界に君臨した（している）アメリカ合衆国ですが、現在は一パーセントの超富裕層と九十九パーセントの貧乏人の社会です。『報道が教えてくれないアメリカ弱者革命』（堤未果著）の中に「あまり知られてない事実だけど、世界の富の四分の一を所有するこのアメリカでは、四二〇〇万人の国民が飢えを経験しているんだ。」との記述があります。信じられない状態です。このままいけば、日本も同じようになるかもしれません。

アメリカは衰退しつつあります。この流れは止められないでしょう。どうも世界中から嫌われている感じがします。

日本にとってアメリカとの関係は大事だと思っていますが、現在のような「属国」の状態ではよくありません。

日本はアメリカから軍事的に独立することを目標にして、それに二十五年くらいかけた方がいいと考えています。

日本の周りは核大国、核武装国だ、といって日本も核を持つべきだ、という人もいますが、すでに日本は核を持っています。正確には核のゴミですが。日本が核武装したら終わりです。世界は良くなりません。今までの世界や世界戦略、あるいは地政学の焼き直しでしょう。正義ではなく「道義」を掲げて、人種平等案のように、新機軸を打ち出すことが必要だと思います。

日本にしかできないことがあるはずです。

12 「命をかける」とはどういうことか

創始者の言葉

私がヤマギシズムの広報紙『けんさん』の過去の資料を読んでいた時、興味深い話が載っていたのです（この資料は現在私の手元にはありません。どこかで紛失しました。第何号だったか覚えていません。もしかするとヤマギシズム出版社にはあるかもしれませんが、確かめていません）。

その中で特に強く印象に残っているのが、会の創始者の山岸巳代蔵氏がお風呂に入っていた時、近くで入浴していた人が「先生、命をかけるとは、どういうことですか？」と聞くと、「汽車に乗るようなものやね」と答えたというものです。けげんな顔をしていると先生は、「命をかけると言っていながらかかっていないし、かけていないと思っても、命がかかっていることが多いわね」と続けた、という話が載っていました。

この記事を読んで、私の中でもしばらくして、こういうことではないか、と思い、納得できるようになりました。当時は汽車でしたが、今はバスや飛行機なども一般的でしょう。

乗りものに乗る時、誰も「命をかけて乗る」とは思っていません。しかし、運転手が突然意識を失ったりするなどして事故に遭うことや命に関わることも、実際に起きています。また、何かをする時に「命をかけてやります」と決意表明しても、すぐ決意がにぶったり、忘れたりして、日常の生活のリズムに流れていきます。政治の世界では一寸先は闇、という話もありますが、政治の世界だけではなく、自分の目の前、一寸先の世界を知ることはできません（霊能者の人は別のようですが）。

毎日の生活の中で、一時間先も、明日も明後日も自分が生きているだろうと思って生活しています。明日も明後日も生きているかどうか分からないと思って生きるのは、すごいシンドイことだと思います。（中にはそれを承知で輝いた毎日を送っている人もいると思います）。交通事故に遭う確率はそれほど高くないにもかかわらず、日本のあちこちで起きています。「自分は絶対巻き込まれない」という保証はありません。

『命』について。自分とは何か（1）で私の父の事故死について触れましたが、これは非常に大きな出来事でありました。父が秩父の戦友の墓参りに行き、帰りに事故で死んだことについて、親戚の人の中には「戦友が呼び込んだんだ」と言う人がいました。お盆の時期、八月十五日、終戦記念日でもありました。

私にとっては、父が自転車で山道を下ってきて、そこでちょうど父の頭に材木が当たったということの方が衝撃で、なぜ当たったのか、もし少しブレーキをかけたり、小用でもしたりしていたら、おそらくぶつかることはなかったに違いありません。しかし、一秒の狂いもなく、父の頭を直撃したのです。

鉄砲の弾に当たるよりも低い確率なのでは？　と思える状況で当たったのです。

このことから私の中では、『死ぬ時は死ぬ。どうあがいても、泣いてもわめいても死ぬ、逃げようとしても駄目なのだ』と思うようになりました。

「死ぬ時は死ぬ。それまでは生きる」、という不思議な、しかし絶対的なものがあるということを確信するしかありませんでした。

これは今でも変わっていません。

13　富士山の山登りについて

①富士登山のこと

富士山は日本にあります。誰のものでもありません。誰が登ってもよいです。葛飾北斎の『富嶽三十六景』や横山大観の『霊峰飛鶴』にも描かれているように、私にとっても聖なる山です。毎年たくさんの登山客でにぎわっていますが、私は、誰が登ってもよい山ですが、誰でも登っていい山だとは思っていません。

登るには資格がある、と思っています。

しかし、どうしても登りたい人もいるでしょう。そういう人には入山料として、一人一回日本人は三万円、外国人は五万円とか徴収した方が良いのでは、と思っています。「何を馬鹿な！　無茶言うな！」と言う人が多いかもしれません。最近では外国人にも人気があり、弾丸登山というのも増えているのだとか。

「もう閉山です」と、登山道入り口のゲートを閉めても、脇をすり抜けていく外国人の姿をネット動画で見たことがあります。

そんな人がもし遭難しても助けに行くな、放っておけ、と思うものの、救助隊が助けに行くのを止めたいとは思いません。なぜなら、そんな礼儀もわきまえない外国人の死体を放っておいたら汚《けが》れる、と思う故にです。

富士山の頂上に浅間神社があるといいます。

私はまだバスで五合目までしか行っていないので、参拝もしていないのですが、神域であることは間違いないです。

礼儀をわきまえず、ただ美しいとか、ワンダフルとか言って登るのはどうなのか、と思ってしまいます。

年間登山客が二十三万人余りだとか信じられない数です。

そして、それだけの人間が登山中に大小便をするのです。

日本人ならトイレのある場所までガマンしようとするかもしれないが、外国人の中には生理現象だからと道からそれて林の中で用を足す人も出てくるでしょう。

昨年だったか、登山道で集めた枝に火をつけて暖をとっている動画がありましたが、彼らにとって神域の意味も内容も理解せずに、また理解しようとすらせずに、自分達の生活レベルと同じ感覚でやっていることなのでしょう。そのうち登山道の両側が大小便で臭くなってくるのが予想できます。

日本人にとって富士山は単なる山ではありません。かつての大衆浴場、銭湯など、あるいは新築した家の風呂にも富士山のタイル絵がありました。母が一番好きだった「ふじの山」という、富士山を歌った童謡もあります。

バイオトイレだから大丈夫という声もあるでしょうが、日本の神々は御不浄を嫌われるということを理解しておく必要があるのではないでしょうか。

少なくとも、聖なる山、富士山の登山道が大小便で臭くなるのを防ぎたいです。

14　移民の問題はゴミ問題とリンクする

①移民の問題点

移民というのは単なる労働者ではありません。

必ずゴミの問題とリンクすると思いますので、そこを考えてみたいと思います。

私は畑で野菜を栽培しています。畑は五反ありますが、その中の一反の隣に、かつてラブホテルがありました。それが解体されたのですが、その片付けに外国人青年が一人、ある時は二人来て仕事をしていました。私が畑に行ってみると、近くにあるコンビニのロゴマークが入ったビニール袋が落ちていました。他にビニール袋が飛んでくる「モト」がなかったので、「もしかして？」と思いました。そのようなことが三回ほどありました。

私はその現場の責任者が来ている時に、この話を説明し、「間違っているかもしれませんが」とお願いし、確かめてもらうことにしました。その後、ビニール袋が飛んでくることはなくなりました。多分、彼らにとっては何でもないことなのでしょう。生活習慣だからです。

ネット動画サイトで、外国人がゴミを捨てても、それを清掃する人の仕事を用意することになるので当然だと言っているのを見ると、のけぞってしまいます。

日本に入国して働くことを希望する人々には、日本の礼儀、習慣、挨拶の仕方やゴミの出し方や分別、ゴミステーションに出す曜日の確認など、詳しい説明をする必要がありま す。「そんな細かい分別など面倒だ」などと言わせないで、ここは日本だから日本のルールに従ってもらうことを要請すると、「分かりました」としぶしぶ了解して、何とか「コト」が済むかもしれません。表面上は一応日本のルールに従ってくれるかもしれませんが、中身まではどうでしょうか。ゴミ出しのルールは一応OKだったとしても、多分そこ止まりになるかもしれません。

ヘンリー・S・ストークス氏が『英国人記者だからわかった日本が世界から尊敬されている本当の理由』の中で、「世界中で類を見ない、神道の「八百万《やおよろず》の神々」が存在する世界観も、そうしたあり方と表裏一体のものといえる。逆にいえば、「八百万の神々」が共生する世界が、日本には太古から存在していたのではないだろうか。」と語っています。

日本には八百万の神々が存在します。

私は毎朝、太陽（天照皇大神）に向かって「今日も生きています」と感謝の気持ちを口の中で唱えて遥拝しています。有り難うございます」

私が思うに、日本人は信仰するというよりも、神々と共に生活しているのだ、という思いが根底にあるからです。

元旦の初詣で一年の無事を感謝したり、また未来を祈念したりします。また、その後の七五三とか、お盆や秋の収穫祭のお神輿もあります。これらは、礼拝というより感謝の気持ちで祝うのではないでしょうか。旧暦の十月を神無月、出雲では神在月というように、日本は神々が生活に密着しているのです。

従って、日本で八百万の神々に一神教の神が二つ三つ加わっても、八百万の神々プラス三神ということになるのではないでしょうか。

ところが一神教の外国人にとっては、これが理解できないのではないかと、想像します。

どの神様を最初に礼拝するのか、二番目、三番目は？　というように。八百万の神々がいたら何年もかかってしまいます。日本人が「思いついた神様からでいいんじゃないの」とでも言おうものなら目を丸くして、「信じられない」と言うのではないでしょうか。一神教の外国人の頭の中は一神教の神が占めているので、八百万の神々はその外側に位置するのではないでしょうか。

日本で働く外国の人達、永住権を持つ外国の人達も日本の常識やルール、ゴミ出しなど生活面ではクリアできても、精神世界の面ではどうなのでしょうか？

一神教の世界で八百万の神々が理解できるのでしょうか。そうでないとどうなるのでしょうか。

日本という八百万の神々の社会の中に、一神教の神が溶け合わずに、移民の数だけポツリポツリと「穴」のように存在することになるのでしょうか。少ないうちはいいですが、多くなるとどうなるのでしょう？

移民の人達はかたまって住む傾向があります。当然です。言葉も文化も習慣も違う中で助け合いながら暮らしてゆく方が安心でき、安全でもあります。だからチャイナタウン、リトルインド、リトルブラジルなどが増えてゆきます。目に見える形は多文化共生かもしれませんが、精神世界では虫食い状態となるのではないでしょうか。誤解して欲しくないですが、良いとか悪いとかの問題を言っているのではありません。共存共生は思ったより難しい、ということを言いたいだけです。

日本はきれい、清潔、食事もおいしい、治安もいい、人も親切、と言って移住を希望する外国人も増えているとか。ネット動画を見ると「ホントかな？」と思うのですが、先進国といわれる国の人々にもそのような声があるといいます。

しかし、喜んでばかりもいられません。

日本人が努力して築いてきた歴史的事実もあります。駅の通路にゴミ箱を置かなくなったのは地下鉄サリン事件以降のことです。日本人だってゴミを捨てていたのです。今でも捨てている人がいます。私の畑でも、あちこちゴミが落ちています。コンビニで買ったジュースの容器、お茶などのペットボトル、おにぎりの空袋、ガムやアメの小さな袋、使用済みのマスクなどが散らかっています。

いいところだけ利用しようとする人達が増えることも予想されます。私は中国はもとより、欧米諸国の人達も個人主義の国であると思っています。

「困ったときはお互いさま」といっても、本当に「モノ」がなくなった時はどうなのでしょうか?

15　一神教と、共存共栄

ユダヤ教について

現在（二〇二四年四月）、パレスチナの地でハマスやイスラエル軍によって多くの女性や子供達が殺されています。

いかなる理由、理屈を唱えても、女性・子供を殺すのは卑怯者です。すべての人が女性の子宮から産まれることを理解すれば、女性を殺すことは母親を殺すことと同じです。

私はこのように考えます。

私は毎朝、太陽を遥拝しています。太陽は私の嫌いな、苦手なゴキブリやムカデ、また畑の作物を荒らす野ネズミやアライグマ、ハクビシン、そして抜いても抜いても生えてくるチガヤといった雑草などの植物や動物達にも温かい熱と、風の祝福と恵みの雨をもたらしています。一切のえこひいきはありません。

この地球上の鉱物、植物、動物、人間のすべてに、その恩恵をタダで与えてくれています。太陽の熱に対して、太陽から請求書が送られてくることもありません。

ユダヤ人は神に選ばれた民である、というのを『宗教原論』（小室直樹著）で読んだことがありますが、正直どうして選ばれたのか、全く分かりませんでした。誰か教えて下さい。

私は「えこひいき」をする神は完全なのか？　という疑問があります。

神に選ばれた民が暮らす土地は、周りの人達から尊敬されなければおかしいのではないでしょうか。まして争いや攻撃されるのであれば、どこかおかしいのではないでしょうか？

そして神に選ばれた民は、他の人間達にやさしく親切に接してくれるのでしょうか。神に選ばれなかった人類はどう見られるのでしょうか。二級市民扱いがふさわしい、とでもいうのでしょうか。選ばれなかった人達を傷つけ、殺しても何の良心の咎めも感じないのでしょうか。

私が心配するのは、選ばれなかったユダヤ教以外の、私を含めた残りの人類との共存共栄の考えがあるのか、ということです。お互いを尊重し合えるような国際社会が築けるのでしょうか。それとも神に選ばれた民を敬い、従うことが求められるのでしょうか。自由・平等という基本理念はどうなるのでしょうか。

一神教を信じる人達の世界で、他の宗教を信じる人達との共存共栄は可能なのでしょうか。神と神の世界で共存共栄ができないのに、人間の世界で共存共栄できる道理もないのでは、と思います。

これからもずっと、永遠に殺し合いを続けるのでしょうか。そんな一神教の神は人類にとって救いになるのでしょうか。改めて問いたいです！

16　戦争を無くすにはどうすればいいか（1）

①事実を事実としてとらえる

『英国人記者が見抜いた戦後史の正体』（ヘンリー・S・ストークス著）では、「大東亜戦争」の呼称について、「一九四一（昭和十六）年十二月八日の宣戦布告に伴い、閣議決定され、正式に発表された戦争名だ。」との記述があります。

私は大東亜戦争を美化するつもりも正義の戦争だとも思っていません。やむを得ず戦ったのでは、という思いです。この戦争を全部ひっくるめて考えれば、日本は加害者であり、被害者でもあり、解放者としての側面を持っていた、と思います。

戦った相手はアメリカだけではありません。なので「太平洋戦争」ではありません。中国やイギリス、オランダ、フランスとも戦いました。当時、日本は石油や鉄鉱石、アルミニウムも欲しかったのです。

そのために軍を進めました。当時の相手は植民地帝国でした。フィリピンはアメリカの植民地でした。

②アメリカの要求

なぜアメリカは「太平洋戦争」という呼称を日本に要求したのでしょうか？

『英国人記者が見抜いた戦後史の正体』には、「マッカーサーは、一九四五（昭和二十）年十二月十五日の「神道指令」によって、大東亜戦争という日本側の正式な戦争名を使用することを禁止したのか。理由はシンプルだ。大東亜戦争という呼称を使われると、日本の戦争がいかに正当なものだったかが、バレてしまうからだ。」との記述があります。

ＮＨＫは「太平洋戦争」シリーズや「アジア・太平洋戦争」という呼称を番組名で使っています。なぜ、正式名称を使わないのでしょうか？

③ベトナムで学んだこと

韓国軍はベトナムで何をしたか

三泊四日のベトナム調査旅行に出かけた折、タンソンニャット空港で入国手続きをする前に、ベトナムで会社を経営する日本人の社長から「注意するように」と言われたことがあります。

・日本人であることを明示する
・韓国のことを話題にしない

この二つでした。当時はよく分からず、とりあえず言われたことをしっかり守りました。韓国軍がベトナム戦争中に、ベトナムでひどいことをしたのでベトナム人に嫌われている、という話でした。

今回、なぜ社長があの時私や先輩に注意したのか、改めて調べてみたのです。『韓国軍はベトナムで何をしたか』（村山康文著）には、次のようにあります。

「〝ビンアンの虐殺〟については、京都大学大学院アジア・アフリカ地域研究研究科准教授の伊藤正子氏の著書『戦争記憶の政治学―韓国軍によるベトナム人戦時虐殺問題と和解への道』にも記述がある。

〈テイヴィン社とその周辺の五社（ニョンホウ、ニョンフック、ニョンミー、テイアン、テイビン）では、一九六六年二月一三日から三月一七日（旧暦一月二三日から二月二六日）にかけて、一五の地点で猛虎部隊三個中隊による集団虐殺が起きた。これが韓国軍による虐殺の中で最も規模の大きい「ビンアンの虐殺」である。この間、行方不明者も含めると、一二〇〇余名の住民が虐殺された。身元が確認され名簿になっている公式の死者だけでも七二八名である。子供一六六名、女性二三一名、六〇―七〇歳の老人八八名が含まれており、家族皆殺しも八家族に及ぶ（ビンディン省文化通信局資料）。特にテイヴィン社のゴーザイという丘ではたった二時間で三八〇名もの民間人が韓国軍に殺された〉」

そして著者村山氏はこう述べています。

「約一三年かけて集めてきた貴重な証言の数々を埋もれさせてはいけない。それが、本稿をまとめる動機となった。

ベトナムで起きた民間人殺害事件では、少なくとも九〇〇〇人の罪もない人びとが殺されたとされるが、半世紀以上経った今でも事件の詳細は分かっていない。

同じ過ちが繰り返されないためにも、悲惨な事実をありのままに知って欲しいと筆を執っていた矢先の二〇二二年四月上旬。ウクライナに軍事侵攻をしたロシア軍が、首都キーウ近郊のブチャなどで民間人を大量に殺害したというニュースが流れ、コンビニエンスストアの新聞ラックには「虐殺」という文字が並んだ。

――また繰り返されてしまった。私は呆然《ぼうぜん》とし、絶望感に苛《さいな》まれた。」

ベトナムの独立や飢饉のこと

『帰還せず　残留日本兵六〇年目の証言。』（青沼陽一郎著）より引用します。

『ホーチミン軍からの誘いだった。しかも、日本人がその勧誘にあたっていた。

「ベトナムの独立のために、ホーチミン軍に入っていっしょに戦わないか」

日本語で日本人を誘いに来るのだ。戦時中、ホー・チ・ミンと日本軍は敵対関係にあった。日本軍は、いわゆるホーチミン軍の掃討作戦を実施していた。ところが、日本が敗戦すると同時にホー・チ・ミンは「日本軍を保護しろ。優遇しろ」という命令を出した。どこでも考えることは同じで、結局のところ日本軍の武器弾薬、兵力が欲しかったのだろう。だから、ホー・チ・ミンの独立運動に参加して優遇された日本兵が別の日本兵を誘いにも来た。誘われるほうも、敗戦のショックと実戦らしい実戦もなかったことから「じゃあ、ベトナムの軍隊に入って、ベトナムの独立戦争でもやろうか」という勢いだけでこれに加わっていった。

「その頃はみんな若いからね」と落合老人は言った。

「あの時は実際はわからないけど、七〇〇〇から八〇〇〇人は残ったんじゃないですか、こちらに」

その数の多さに驚いた。「それでね、私もホーチミン軍に入ったんですよ、中国軍からずらかって」。そう聞かされて、また驚いた。』

インドネシアだけでなく、ベトナムでも独立のために戦った元日本兵がいたことを知りました。

またあるローカルラジオのサイトに、郷土の偉人を紹介するコーナーがあり、そこで〝ベトナム独立のために戦った残留日本兵〟として石井卓雄氏が紹介されています。《ゲリラ戦を得意とする精強部隊を作り、ベトナム独立に貢献》として詳しく石井氏の経歴が紹介されています。

また、あまり知られていないことですが、《ベトナムの飢饉》について調べてみました。私が先輩について行ったベトナム調査旅行の時は考えることはなく、タイとはちがった側面とにぎやかさに驚いていた、というのが実情でした。

今回改めて調べてみました。

ベトナム飢饉について

ウィキペディアの『１９４５年ベトナム飢饉』より参照します。

「１９４５年ベトナム飢饉は、１９４４年10月から１９４５年5月にかけて、ベトナム北部で発生した大規模な飢饉。40万人から２００万人が餓死したといわれている。」

経緯をクリックしてみると「天候不順による凶作に加え、米軍の空襲による南北間輸送途絶や、フランス・インドシナ植民地政府及び日本軍による食糧徴発などが重なり、ベトナム北部を中心に多数の餓死者を出したとされる。新米が収穫される1945年6月に飢餓は収束した。」とあります。

「死者数については40万から200万の数字が上げられる。ホー・チ・ミンによる1945年9月2日のベトナム独立宣言には、「フランス人と日本人の二重の支配」のもとで「我々の同胞のうちの200万人が餓死した。」「日本軍の戦後の調査では犠牲者数は40万とされている。」とあります。

④日本軍の日常

当たり前のことですが、軍隊というものは飯を食います。当時の日本軍は飯盒炊爨を行っていました。『50年目の「日本陸軍」入門』（歴史探検隊著）には、戦争中、日本軍が行っていた飯盒炊爨の様子が詳細に記述されています。

「前線ではまさかそんな悠長なことはしないだろうと思ったら、日本軍は三度三度のメシを飯盒で炊いていたのである。寒い満州の平野であろうが、南島のジャングルであろうがメシを炊いた。」

「たとえば一個師団が行軍するのである。編制によって異なるが一個師団といえば1万〜2万という人数になる。―中略―メシとなれば兵隊たちがタキギ拾いに奔走したのである。

―中略―一万数千人分の炊飯をまかなうほどのタキギがころがっているはずはないのだ。」

「この20のグループが枯枝を探し、米を研ぐ水を求めて奪い合うこととなったから無駄が多かった。」。

「メシ炊きの苦労は初年兵の双肩にかかった。行軍が終ると、分隊長や古兵は休むことができたが初年兵は谷底にかけ下り米を研ぎ、枯枝を集めて火をつける。長雨のあとは泣きたかったという。火のつきも悪いし、よく燃えない。メシの炊き上がりが悪いと怒鳴り散らす分隊長もいたそうだ。」

「何本もの炊煙が上がれば敵の知るところとなり砲撃をうけるのは当たり前である。」

「大休止、小休止はメシ炊きのためばかりにあったのではない。食べれば出る、これは人も馬も同じである。―中略―

師団編制となると、騎兵や輜重《しちょう》隊も含まれ、さらに砲兵隊や重機関銃兵だけでも千頭近い馬がいる。一個師団の馬の数は数千頭になったらしいから、一万数千人の人間と数千頭の馬の排泄物を想像すれば、日本軍のあとはクソの山といわれているのが誇張でもなんでもないことが判る。」

当時、中国大陸には百万人の日本軍が展開していたことを考えると、相当のクソの山が築かれたに違いありません。

私は日本が中国を侵略した、その事実を認めます。謝罪もします。「南京虐殺」で虐殺した三十万人という人数は多いです。実質はもっと少ないのではないか、という説も了解します。しかし、百万人の日本軍が中国大陸に展開していて、何人殺したのでしょうか？

一人殺せばその人の両親が悲しむし、その両親の親族なども悲しませることになります。親しかった場合はその曾祖父母まで悲しみが及ぶでしょう。一人は一人ではないのです。

被害は人間だけではありません。

中国の大地にも大きな傷を負わせたのです。

⑤ある日本兵のこと

中国での戦争については一九八八年秋号『東南アジア通信No.5』の「特集　日本の戦争」の中に、旧陸軍第十八師団の兵卒であった藤田松吉さんの記述・記録があります。戦後、タイ北部に住んで戦友の遺骨収集を続けられた人ですがここでは触れません。あまりに悲惨だからです。

私がタイにいる時に出会った人の中に、旧日本兵で長崎出身のSさんという人がいます。他にも三～四人いましたが名前も思い出せません。また、ビルマ独立義勇軍に参加されたSUさんという人もいました。もっと話を聞いておけば良かったと思っています。

⑥ベトナムで考えたこと

一九九七年二月、私は先輩に誘われて三泊四日のベトナム調査旅行に行きました。

タンソンニャット空港に到着した時、窓から見るとビルの壁にまだ弾痕が残っていました。

翌日はプロペラジェット機でダラットという高原地帯へ向かいました。フランス領時代に避暑地として開発されたという街で、大きな湖もあり、私は近くを散歩してみましたが、水田も畑もあり、どれもよく手入れされていました。水田は稲の穂先がきれいに揃っていて、雑草のヒエもなく、タイの水田とは大分違っていて、畑も人参とキャベツが植えられて、草が生えていませんでした。花も咲いていたので、これを見て、ベトナムで上手にやれば日本向けの農産物輸出もできるのではないか、と思いました。

この時の印象を後日、タイで出会った日本の奈良県に住む材木会社の社長に話したところ、その人から面白い話を聞かせてもらいました。彼がタイ、ラオス、ベトナムでそれぞれ必要な材木を注文したのですが、タイ、ラオスではその期日に現地へ行ったところ、「では、これから伐り出そう」ということになったらしいです。対してベトナムでは期日に注文通りの太さの丸太が揃っていた、とのことでした。

翌日、ホーチミンに戻り、市内を見て歩くことになり、Nさんという可愛らしい通訳が来てくれました。彼女の案内で戦争犯罪博物館（今は「戦争証跡博物館」に名称が変わっています）に行った時、はっきりと「抗米救国戦争」と書かれていました。

私は、この博物館でショックを受けました。

ここにはアメリカが使ったありとあらゆる武器、爆弾が陳列されていました。機関銃はいろんな種類のものがありましたし、子供が拾ったら危ない、おもちゃのような爆弾もありました。

戦車やヘリコプターも展示されていたのですが、その中にドラム缶をひと回り大きくしたような形状のものが目につきました。説明書を見て驚きました。何と半径五百メートルの酸素を燃焼させて、その中にいる人間を窒息死させるというものでした。しばらく呆然としました。

いったい、これを発明した人はどういう人だったの

通訳のNさんと元大統領宮殿前で

でしょうか？　大学の研究室で発明したのでしょうか。軍から委託を受けた爆弾の専門研究所が発明したのでしょうか？　この発明に報償金が支払われたのでしょうか？

私はナパーム弾、枯れ葉剤の散布など、ありとあらゆる方法で人間を殺害する研究を続けているアメリカという国に対して、初めて大きな疑問を抱くキッカケとなりました。

何とも言えぬ、背中が冷たくなるような、そして、いかに多くの人を殺す道具（核を含む）を作り、それを売り、成長を続け、それによって生活している多くの、アメリカ人の家庭を思いました。人を不幸にして、悲しみ、苦しみを与え、自分だけの繁栄を願い、それを喜ぶ。そんな国が全世界から支持され、尊敬されると思っているのでしょうか。

国防産業、軍需産業といいますが、要するにいかに人を殺すか、その道具を作るところなのです。金に目が眩んでいるとしか思えません。

どうしてお互いに共存共栄できる方法、方策を考えようとしないのでしょうか？

次は元大統領宮殿の中に入りました。その地下室には、かつてのニュースフィルムが編集されていて、その映画を観ました。

映画では、Ｂ52爆撃機が大量の爆弾を落としていきます。地上で爆発し、火の手が上がります。それを見て左側に座ったNさんが「戦争はイヤです」と言って、下を向いて泣いています。

私はその後も見続けていましたが、仏教徒が抗議の焼身自殺をする場面が出てきました。

燃え上がる炎の中で座っています。それを見て市民が泣きながら次々と駆けよってきて、合掌しています。この宮殿のすぐ目の前の曲がり角で、……と思うと涙があふれてきました。新聞記事などで、見て知ってはいましたが、そんなものではありませんでした。

このベトナムでの体験は大きなものでした。

後日の話になりますが、日本に戻ってきて、タイの次にベトナムにヤマギシの実顕地を造りたい、と提案しましたが相手にされませんでした。

もうそんな時代ではない、ということでした。毎年一ケ所、海外に実顕地を造る、という方針が出ていましたがどうなってしまったのでしょうか。

私がヤマギシズムに疑問を持つキッカケともなった出来事です。

⑦黒塗りの「公文書」について

私の読んでいる東京新聞の誌上に黒塗りの文書が掲載されています。これを見て「公文書を黒塗りするとはケシカラン！」と言った時点で負けです。ケシカランと言っているのはこちら側です。相手は「公文書です」と言って提出してきています。

何千回何万回ケシカランと言っても、それはこちら側がそう思っているだけで、肝心なところは明らかになっていません。

ここは大事なところだと思うので、詳しく、しつこく追求していきたいです。

相手が「公文書です」と言って提出してきているのだから、相手の根拠を尋ねていかないと前に進みません。

私としては、「あなたはこれを公文書として提出しているが、私は理解できないので教えて欲しい」、「この黒塗りの文書がなぜ公文書なのか、誰かが黒塗りしたらもう私文書ではないか」、「あなたは公務員ですね！」、「あなたの考える公務員としての仕事の内容やプライドを教えて下さい」、「公務員は誰に対して責任を負っているのか、あなたの考えを知りたいです」、「公務員の給料がどこから出ているか、ご存じですよね」、「ある公務員の人は『仕えているのは国民です』と言っていましたが、あなたはどう思いますか」、「この国の憲法には国民主権と書いてありますが、あなたはどう思っていますか」、「この文書を読むことができますか、読んで理解できると思いますか」、「この国の最高の立場というか、最高裁長官がこれを読んで何が書いてあるのか理解できれば良いし、教えてもらえるが、読めない、理解できない、となった時、あなたはどう説明しますか？」、……などなど。

相手が提出してきた根拠、出どころ、誰に対して、何に対してプライドを持って毎日国家公務員として仕事をしているのか、その中身を問い続けていきます。そうしないと相手の素顔が明らかにならないからです。

どんどん聞いていって、詳しく明らかにしていきます。相手の思い、考え、プライド、根拠を聞かず、尋ねもしないで、ケシカランと言うだけでは、自分がそう思っているだけで、どこまでいっても自分の考えで相手を批判、非難しているだけで、相手の考えが明らかになりません。

相手を批判しているように見えながら、自分のモノサシで相手を見ているので、討論、議論にならず、相手の主張とかみ合うこともなく、いってみれば一人相撲です。何も明らかになりません。

このことは、公文書とは何か、最初はきれいに印字された文書です。それを黒塗りしたのは誰かが勝手に作り直した＝黒塗りした、なので公文書とは認めない。認められない。これを公文書とするなら、誰もが認めるなら、その根拠を明らかにしなければならない、というように、公文書と私文書の違いなどを、一つずつクリアにしていかないとなりません。ですからケシカランと言った時点で負けなのです。

相手はホクソ笑んで、シメシメと思うでしょう。

繰り返しますが、相手が黒塗りの文書を出してきた時、これを「公文書」と認めたら負けです。

そして認めないなら、相手の見方、考え方の違いを知る必要が出てきます。

このことは無所有ということを理解してゆく分岐点となるので、非常に大事なところです。

⑧政治家にも資格が必要

車を運転するには運転免許証が必要です。学校の先生になるには教員免許、医者になるには医師免許が必要です。私もヘルパーの仕事をするために二級免許、一級免許、そして介護福祉士の免許を取りました。当時働いていた訪問介護事業所はヘルパーが二十三～二十五名ほどの会社でしたが、国家資格である介護福祉士の資格を得ると、資格手当として、月に一万円支給されました。保育士、看護師、消防士も免許が必要です。そしてお店を出す人は食品衛生法による営業認可と届出が必要です。

では、政治家はどうなっているのでしょうか?

私は政治家にも資格が必要で、その試験も必要だと考えている一人です。

「ちゃんと選挙という試験があるではないか⁉」と言う人もいるでしょうが、その選挙の内容はどうなっているでしょうか? 日本の選挙について、私はどうも「おまかせ民主主義」とでも言えるような気がしているので、少し論点をはっきりさせたいと思っています。

政治とは何か？

私は政治とは利害の調整である、と思っています（ここでは政治思想とは区別します）。現実の世界や社会の中で利益を得ている人がいます。同時に不利益というか、なかなか利益を得られない人が存在します。

一部の大企業が利益を出して好調さをアピールする中、中小零細企業などはなかなかその恩恵にあずかれません。これはもちろん、その時々の政策によることも大きいと言えます。

大企業だけ潤い、中小零細企業がバタバタと倒産すれば社会構造はいびつになってしまいます。そこで「どうするのか？」という、政策の見直し案も出てきます。これが調整だと思います。そして、大事なことは理想的な社会の姿に近づいていくような政策であることです。

現実はどうなっているでしょうか？　というと、ここ三十年くらいの日本は低々成長というべき状態ではないでしょうか。

どうしてこうなっているのでしょうか？

現在、日本の国会議員の定数は、衆議院四百六十五名、参議院二百四十八名、合計七百十三名もの人達がいながら、現在の状態です。七百名を超える議員がいながら業績がさっぱり上がらないのでは企業として見ると、倒産していてもおかしくないのではと思います。なので、少し乱暴な意見を述べたいと思います。

国会を一院制にする

国会を一院制にして、通年国会とします。

一院制の内容は、都道府県体制を基本として運営します。議員の条件を知事経験者として、その数を九十四人とします。議員一人にスタッフとして三〜五名を用意します。また大臣に就任した場合、三年間は続けます（病気などを除きます）。従って首相の解散権もなくします。首相も三年間みっちり仕事をします（首相の仕事については別にします）。

新型コロナなどの感染症対策には全国の知事が参加して、議員と共にその蔓延を防ぎます。また河川のダムや上下水道では、その流域に関係する県が集まって協議し、必要な資金は国会で審議します。高速道路、鉄道、電力なども同じようにします。

都道府県を主体にする、ということを『日本国勢図会』（二〇一八／第十九版）を基に考えてみたいと思います。

少し年代の差があるので正確ではありませんが、ざっとの比較です。

国際比較をしてみる

例えば北海道の人口はデンマークの人口に匹敵します。青森県など東北地方は九六万人から二〇〇万人の間です（宮城県は二三三万人）。日本国内を見ると人口が一〇〇万人以下の県は十県です。この人口に匹敵する海外の国はブータン、ジブチ、ガイアナ。人口が一〇〇万人～二〇〇万人の県は二一県で最も多いですが、これに匹敵するのはキプロス、東ティモール、エストニアがあります（以上は私なりに、日本の人口に匹敵する日本になじみのある国を三つずつあげてみました。以下も同様です）。

続いて、二〇〇万人～三〇〇万人の県は七県で、アルメニア、カタール、リトアニアがあります。三〇〇万人～四〇〇万人では静岡県のみですが、ジョージア、モンゴル、ボスニアです。

四〇〇万人〜五〇〇万人の県はゼロですがアイルランド、ニュージーランド、クウェートと続きます。五〇〇万人〜六〇〇万人は北海道、兵庫、福岡の三県ですが、デンマーク、ノルウェー、フィンランドが並びます。六〇〇万人〜七〇〇万人の県は千葉県のみで、ラオス、リビア、パラグアイ。七〇〇万人〜八〇〇万人では埼玉、愛知の二県で、トーゴ、セルビア、ブルガリア。八〇〇万人〜九〇〇万人では大阪府のみですが、タジキスタン、オーストリア、スイスと並びます。

九〇〇万人〜一〇〇〇万人は神奈川県のみで、アラブ首長国連邦、スウェーデン、ハンガリー。一〇〇〇万人以上は東京都でカンボジア、南アフリカ、ギリシャとなっています。

このように日本の県は小さいと思われていますが、一つの国としても見ることができるのです。

だから県知事というのは、その国の代表者にも相当するのです。日本が島国ということと、世界地図の中ではどうしても小さく表示されますが、人口規模で比べてみると、いろいろな国と同居しているようにも見えてこないでしょうか。

そして、経済規模別に国際比較すると、日本全国の経済規模も明らかになるのではないか、と思います。

そこで、アメリカの連邦制にならって県邦制を提案したいと思います。アメリカの英語表記は The United States of America なので、同じように表現すると United Ken's【(県)】of Japan となります（私の造語です）。

あまり勝手に造語を作ってはまずいと思っていますが、分かりやすく表現するとこうなります。道州制を薦める人もいますが、私は今の都道府県制の方が良いと思っています。高校野球のファンでもあるので、今の状態を維持したいのです。

国会を一院制にする案のポイント

以前、私が明治大学へ通っていた頃は、地方の学生が多かったです。これを見た時、私は「東京は田舎者の集まりだな」と思ったのです。

今の衆議院の選挙区は全国を細かく分けて、定数を決め、そこから選出されています。選ばれた田舎者（地方出身）の議員が国政を担当するというものです。言い方が悪くてゴメンナサイ。

国政を担当するには資格が必要と考えたので、知事経験者としました。総理を目指す人は知事になってから、という階梯が必要です。一つの県を治められない者に首相は無理と考えます。市会議員、県会議員、知事、首相となってゆくのが妥当ではないでしょうか。

また体力、気力の一番充実した政治活動の期間を十年とします。賞味期限を十年と設定します。そして、知事の経験者が一院制の衆議院を構成します。各県から二名選出して合計九十四名の一院制とします。

全国の県が地方自治、政治を担当しているのでそれで十分です。また十分なようにしてゆきます。県が基本単位となってゆくのです。

全国知事会の権限も明確にします。全国の連絡網も整備してゆきます。

知事経験者が、そこで終わるのはもったいないです。全国の旧知事、前知事が集まり、一院制を構成し、日本全国の均衡ある発展を目指します。

それから財務大臣、会計検査院のトップは女性とします。全国の世帯で財布のヒモを握っているのは、奥さんが過半数を占めるのではないか、と思うからです。

これは私の意見です。もっと良い案があると思いますし、より良くしていけばいいと思います。

過去から学ぶ反省点

〈村山富市元首相の発言〉

一九九四年六月三十日、社会党党首村山富市氏が首相に就任。七月一日内閣が発足。七月六日の読売新聞に『村山首相　サミット初舞台　首脳会談目白押し』の見出しで、五日に首相官邸でモンデール駐日大使の表敬訪問を受ける村山首相の写真が掲載されています。記事には以下のように記されている。

『首相は、先のクリントン米大統領との電話会談で「日米間の緊密な連携と外交政策の継承」を伝えたことを強調したのに対し、大使は「大統領は『とくに継続性の点で安心した』と言っている。」』

これは社会党の党是である、〝反安保、反自衛隊〟を急転回で変えてしまったので、特に駐日大使の『新政権の正統性認める』との発言は、「米政府が同政権誕生を衝撃を持って受け止めていたことを浮き彫りにした。」となっています。

七月八日の読売新聞で『ナポリ・サミット開幕へ　首相「日米安保を堅持」』の見出しがあります。

七月十五日（同紙）『社党「自衛隊違憲」見直しへ』の見出しです。

七月十六日（同紙）『首相「自衛隊合憲」で答弁』の見出しになっています。

政権発足から二週間のうちに党是を変えてしまいました。

首相というのは自衛隊の最高指揮官であるので、今まで違憲と言ってきた党首が首相になって、「合憲です」と言ったのです。

自衛隊の最高幹部の人達は誰が首相になっても日本を守る、ということはブレないと思いますし、そうはいっても首相と信頼関係を築けるのか、不安はあったのではないかと考えます。私は軍事について全くの素人ですが、東京新聞の「首相の一日」を読んでいると自衛隊将官との会談がほとんどないようです。首相も軍事については素人なのではないか、と思っています。定期的に会合を持たないと危機の時に大丈夫なのでしょうか、心配になります。

もうひとつは「日米安保」のことです。

ナポリの首脳会談で「日米安保を堅持」とありますが、私はこの時、村山首相が「今、日米安保を変えることは、わが国をはじめ周辺諸国への影響も大きいので、一年間棚上げする。継続する。この間に国民と議論を深め、わが国の方針を決めたい」と言っていたらどうなったのだろう、と思います。

「今なら何とでも言える」とか、「政治は待ったなし」とか、「暫定措置では日米安保は機能しない」とかいろいろあると思います。

この党是を変えた、あるいは破棄したことで社会党は消滅への道を歩みます。

断っておきますが、私は社会党を擁護しません。社会主義も共産主義も支持しません。

ただ、この時の日本側、あるいは日本人の対応が欧米諸国では、どう見られたのだろう!?　という思いがあります。

アメリカは「日米安保を堅持」なのでひと安心したでしょうが、もう一方で日本人は信用できない、と思ったのではないか、とそんな気がするのです。

この点について、国際政治が専門の教授に教えて欲しいと思っています。

〈河野洋平氏の発言〉

二〇〇一年四月十三日の読売新聞に『李登輝氏ビザ、門前払い。〝及び腰外交〟に異論政府混乱、森首相も優柔不断』の記事が掲載されました。

『外務省には「来日希望の二十二日まで門前払いで受理しなければ、申請がうやむやになってビザを出さずにすむ」（幹部）との〝逃げ〟の姿勢が目立つ』とあります。

続いて同じ読売新聞四月十八日の記事では『李台湾前総統ビザ問題　森首相、発給検討を指示　最終調整急ぐ　河野外相は難色』の記事があります。その中で『首相と河野氏の会談は約十五分行われ、河野氏は「内外の情勢を考えると現時点でのビザ発給には難しい点が多い」との考えを伝えた。これに対し、首相は「人道上の緊急的な措置」としてのビザ発給に前向きな意向を示し、調整を急ぐよう指示した。』とあります。

また『首相と河野氏の会談に先立ち、外務省幹部は十七日午後、「河野外相は最終的に『李氏へのビザを発給するのは適当でない』と判断しており、主要な外務省幹部は外相の見解に足並みをそろえている」と述べた。』とあります。

結局「心臓病の緊急治療という目的」で首相の指示でビザが発給され、手術も無事終わった、という経緯がありました。

現在でも親中派とされる河野氏は北京の顔色をうかがったのでしょうか。しかし、総統の職を辞め、一人の市民に戻ったのですから何故ビザ発給に難色を示すのか理解できません。しかも心臓病の治療目的とあります。

誰であれ、一市民の立場を尊重できないで民主主義といえるのでしょうか。

河野氏は以前、新自由クラブという政党を立ち上げましたが、その政党の理念に民主主義の尊重は入っていないのでしょうか。

⑨討論・議論の大事さを痛感

私は学生時代ノンセクトでヘルメットをかぶりました。多くのデモに参加し、まるでお祭りのような高揚感もありました。

デモ行進は四列縦隊で、左側の歩道寄りに男、次に女、そして残り二列が男という体制で、隣の学生の右腕と自分の左腕をからめ、前の学生の腰のあたりをつかんで進むのです。

私はいつも右側にいて、機動隊の楯にこづかれていました。ある時、しつこくこづかれたので、いまいましくなり、機動隊員の足を蹴りました。すると隊員は私の前の学生の下腹部を蹴りました。学生は「ウッ！」と言ってひざまずくような姿勢になってヨロヨロ歩きました。

しかし、隊員は相手が違ったと理解し、今度は私の急所を蹴ってきたのです。私も「ウッ！」と言ってヨロケながらしゃがみ込むような姿勢になりました。「タマがつぶれた、もう男としては使いものにならないのか⁉」と一瞬暗い気持ちになりました。

何度か集会に参加する中で、激しい内ゲバの現場も見ました。清水谷公園だったか、どこの公園か覚えていませんが、長い青竹がぶつかり合い、コーラのビンとおぼしきものが白く砕け散って白煙のようでした。なぜ内ゲバが起こるのか、今でも分かりません。

もう一つ不思議なことがありました。

集会に参加するとマイクを持った学生が挨拶するのですが、どの集会でも必ず、「本日、ここに参加されたすべての労働者、学生、市民の皆さんに熱い連帯の挨拶を送ります」と、叫んでいました。

農家の生まれである私は、ここになぜ「農民」が入らないのか、今でも謎です。

パリ・コミューンに遡ること三百八十年前に加賀の国一向一揆で百年間も農民が支配する国を維持したのです。日本の歴史の中で労働者が登場するのは明治維新以後のことでしょう。歴史的な位置づけがどうなっているのか、マルクス主義を理解できない私にとって大きな疑問です。

当時、私の頭ではなぜセクトが多くあるのか？　ということが疑問でした。明治大学の入り口には大きな立て看板があり、その時々の問題に「決起せよ！」と大書してありました。アジビラを配る学生がいて私もよくもらいましたが、今から思えばなぜ保存しておかなかったのか、と思います。

明大は日本社会主義青年同盟解放派が握っていましたが、学生会館の中には、共産主義者同盟の流れをくむ歴史科学研究部などもあり、私も何回か参加したことがありました。私がデモで見かけたセクトの中では、べ平連や社学同、フロント、反帝学評、自由連合などがあったと思います（記憶の隅を掘り出すので間違っているかもしれません）。

従って中核派や革マル派とは別の集会場だったのです。

べ平連には参加する女子学生も多く、あっちへ行ってみたいと思ったことが何度かありましたが、私のような学生がセクトに入れるわけもなく、政治も思想も理解不足ですから、すぐにダメ出しをくらったと思います。

私の中にある確かな記憶は、図書館に行って厚さ十センチくらいの三冊に積み上がった『資本論』を見て、自分には無理だと諦めたこと、それを読んで理解し、その上で現状の政治分析、社会分析をするのはすごいと思ったものの、まだ学生という身分で、実際の社会での経験もなしに相手を批判し、なおかつ相手を殺してしまう、ということは、私には全く理解できないことでした。

なぜ内ゲバが起こるのでしょうか？　目標は同じではないのでしょうか？　より良い社会を造るためのものではないのでしょうか？　巨大な権力に立ち向かうのに、自分の方が正しい、相手が間違っていると言い合い、分裂して喧嘩して、それで良い世の中ができるのでしょうか？　この疑問について教えて下さい。

⑩私が思う内ゲバより以前の問題点

最近私が読んだデュラン・れい子著の『地震がくるといいながら高層ビルを建てる日本』の中に、「哲学とディベートを徹底的に学ぶ」という項目がありました。

「フランスの高校では「哲学の時間」と「ディベート能力」が重要視されている。つまり哲学という抽象的なことをどう考えるかの「考える能力」、それからディベートは「自分の意見を相手にどう伝えて納得させるかという能力」だ。

例えばドイツでは、片方が「これは白だ」と言い、片方が「黒だ」と言って、生徒がお互いに議論しあうという。すると突然、先生が「立場を替えてやってください」と言う。すると今まで「白だ」と言っていた生徒が「黒だ」という持論を展開し、今まで「黒だ」と言っていた生徒は、それに反論し「白だ」という持論で渡りあう。

この分野でヨーロッパの高校生とくらべたら、日本の高校生の能力はほとんどゼロに近いだろう。こういう授業を優秀な成績でパスしてきた人たちが大学に入る。」

「日本でも本当に国際人を育てたいのなら、高校教育にディベートを取り入れないとヨーロッパの人と議論はできない、と私は思う。これは英会話より前に身につける能力で、日本語でディベートを勉強すればそれですむことなのだ。英語の文法がわかっていればブロークンな英語でも、ディベートの能力さえあれば相手を説き伏せられる。」

これを読むと、日本人の場合、不十分な点を指摘されると、まるで全部否定されたかのように感じてしまうのではないか、と思ってしまいます。感情的になり、指摘を批判と受け取ったのでは、まともな討論、議論すらできない。より良い方向で議論を積み上げていくのも難しいと思えるのです。

当時の学生時代、私にとって、右翼の人は何を考えているのか、分からなかったので集会に参加してみました。九段会館で行われたもので、三島由紀夫氏の一周忌も兼ねていたように記憶します。

正面には日の丸旗が掲揚されていて、バルコニーには緑地に白抜きで各大学の支部名が書かれた旗がぐるりとたれ下がっていて、明治大学のものもありました。確か委員長は

「Mさん」だったと思います（間違っていたらゴメンナサイ）。

始まる前に全員起立して国歌を歌うのですが、私は立ったままで歌いませんでした。右隣にいた女性が私を見て不思議そうにしていました。

正面右上には「北方領土奪還」と大書してありましたが、沖縄については何も話題にのぼりませんでした。

次に私は左翼の赤軍派の集会に参加しました。渋谷の宮下公園だったと思います。集会で沖縄のことはもちろん語られましたが、北方領土についてはは触れられませんでした。私は、集会が終わりデモ行進へと進む中で、最後尾のその後ろからトボトボ歩きながら、右翼は沖縄を語らず、左翼は北方領土を語らない、どちらも重要な問題ではないのか？と考えていました。

私が願っているのは、一歩でも二歩でも前に進むこと。批判するのは良いと思いますが、相手の欠陥を突くより、その欠陥を補い、足してより良いものにすればいいだけのことと思います。

与党の失政や混乱の時、野党はすぐ不信任決議案を提出しますが、与党多数で否決されます。時間の無駄であり、私は「バカのひとつ覚え」だと思っています。かつて私も幾度か言われたことがありますが。

失政や裏金問題が起きないように立法を進めるのが本来の役目だと思います。

私は理想の社会を造ってゆくのに二百年はかかると思っているので、もっとたっぷり、じっくり議論を進めていきたいところです。

17　戦争を無くすのにはどうすればいいか（2）

アメリカから軍事的に独立するにはどうすればいいか。

①安全保障について素人の考えを述べたい

「国民の生命・財産を守るため国防力の強化が必要だ」ということの中身はどうでしょうか。

まず、「国民の生命・財産を守る」と言えるのは戦争が始まる前までの話です。いったん、火の手が上がり、戦争が始まってしまえば、どこから何発のミサイルが飛んでくるか分かりません。今日のロシア、ウクライナの戦争を見ればどこが安全なのか誰にも分かりませんし、生命・財産は守れないのは明白です。

この事実をはっきりと見ておく必要があります。

②台湾有事、日本有事について

私は台湾の防衛について、日本は台湾を応援しなければならないと考えています。

台湾は、李登輝元総統が初めて選挙によって総統となり、以後も政権は国民党から民進党へ、さらにその後は国民党に移り、今は民進党になっています。

ところが大陸の中国共産党政権下では選挙はありません。実施もなければその方法もありません。武力による政権しか誕生していません。四千年の間、同じことの繰り返しです。中国人民が政権交代を希望してもその手段がありません。結局は暴動による流血の事態となり、その中で次の政権が生まれるしか道はないのではないでしょうか。

台湾が選挙によって政権交代を実現した姿は中国人民の希望の星であると思っています。一党独裁の強力な中国より、各省が結びついての中華連邦共和国の方がよほど良いのではないでしょうか。

③もしも日本有事になった時

私は中国と争いになった時、それが小競り合いの段階か戦争と呼べる段階かは分かりませんが、沖縄の米軍基地や在日米軍司令部のある横田基地、横須賀基地、そして日本の司令部がある市ヶ谷などがミサイル攻撃されるのではないかと予想しています。もしかするとそうはならず、沖縄だけ、あるいは南西諸島方面だけになるかもしれません。今日のロシアとウクライナの戦争において、二〇二四年六月七日現在、米欧諸国はウクライナにモスクワを直接攻撃できる兵器を与えていません。ロシアとガチでぶつかるのを避けている様子です。この先はロシアとウクライナの消耗戦になるかもしれません。

米中対立といっても、両国が本気で核のボタンを押すとは私には考えられません。米中国交回復交渉の時、日本に核武装はさせない、そのために我々アメリカ軍がいるのだ、と「米中密約」があったと、どこかで読んだ記憶があります。この資料を提示できればいいのですが。

従って、もし有事になっても前線には自衛隊が、アメリカは後方支援として、なるべくアメリカ兵の損失を少なくするような方策をとるのではないか、と推測します。

④歴史から学ぶ　歴史を直視する（いいところも悪いところも全部）

日本の安全保障を考える上では、はじめに日本をとり巻く世界情勢から、と考えられますが、私は専門ではないので、気になったところだけ述べてみたいと思います。まずは自衛隊の成立過程について、詳しく書かれている『日本再軍備　米軍事顧問団幕僚長の記録』（フランク・コワルスキー著）には次のようにあります。

「『日本の読者のために』
米国の支配のもとで民主的日本軍隊が創設されたことは、ユニークな歴史的重要事件であり、日米両国民はその真相を知るべきであると考え、私はこの本を書いた。」
「この歴史上の危機にのぞみ、アメリカはその時必要な処置をとりえた唯一の人物を日本に置いていた。なぜならば、当時の米国軍隊の中で、マッカーサー元帥を除いて誰があれだけの自信と自惚と真の勇気をもって、日本の再軍備を命じることができたであろうか。

彼はポツダムにおける国際協定に反し、極東委員会よりの訓令を冒し、日本国憲法にうたわせた崇高な精神をほごにし、本国政府よりほとんど助力を得ずして日本再軍備に踏み切ったのである。」

「米国も日本の保守政権と腹を合わせ、法律を出し抜いて共犯者となった。社会党を筆頭とする野党は、誤った潔癖感に陥り、事実を認めてこれに立ち向かおうとしないで、党利党略のために憲法を利用しようとして国民を混乱させ、憤らせた。」

「ソ連のみか中共までミサイルを持ち、いつでも日本を抹殺できる今となっては、米軍基地は日本防衛の意味では、ほとんど役に立たない。」

⑤優秀人材を世界から集める　募集する

「世界中の優秀な学者、国際法の専門家に呼びかけ、その人達にアメリカから軍事的に独立して世界平和を希求し、その実現に力を貸して欲しいと提案するのである。もちろん優秀なアメリカ軍人でも良いが軍服は脱いでもらう。もしかすると優秀なアメリカ人であればすでに衰退しつつあるアメリカの現状↓一％の超富裕層と九十九％の貧乏人の↓を憂い、アメリカの復活を望む中で、日本の提案に賛同し、世界平和を追求、その実現を共に歩むことができる。

しかし、私が思うに、アメリカの考え方の中に共存共栄というものがあるのかどうか。私は「ない」と思っていて、厳しい見方をするのはアメリカの建国の中で、インディアン（原文ママ）と370もの条約を結びながら、一度も約束を守らなかった事実がある。

アメリカのすごい所は事実は事実として認めるということである。もちろんインディアン（原文ママ）に対する謝罪も便益をはかることもその意思もない。ただ認めるだけである。」

（「ヤマギシズム社会の実態」（上記に書かれている内容を元に私がまとめてみました。）

私は優秀なアメリカ人であれば、アメリカの行方について相当考えていると思います。日本が進めたい世界平和がアメリカの将来を明るくすることが確実に分かれば、大きな力になると思います。広く世界に呼びかけます。国際法の権威や、スウェーデンのストックホルム世界平和研究所、オランダにある国際司法裁判所に勤務したことがある人なども対象にして、世界の英知を集めるのです。

『日本はなぜ、「戦争ができる国」になったのか』（矢部宏治著）の中にこのような記述もなされています。

「もしネット上で公開されていなければ、おそらく私は一生、このマッカーサーの「突然の方針転換」について、ほんとうの事情を知ることはなかったでしょう。

ここがアメリカの強さです。どんな国籍のどんな立場の人間にも、歴史的事実にもとづいて調査し、議論する道が開かれている。２００１年、情報公開法が施行される直前に、日米密約に関する重要文書を大量に破棄したとされる日本の外務省（条約局と北米局）を思うとき、そのあまりの落差にぼうぜんとしてしまいます。」

私も矢部氏の考えに同感です。黒塗りの公文書に対する質疑応答以前に、事実を事実として見る、向き合う、いいところも悪いところも全部ひっくるめて向き合うという姿勢が乏しいです。何かいいところだけを見たがる、子供のようなところがあるように感じています。日本の弱さ、であると思います。これは敗戦の時、降伏が決まったら、大量の文書を燃やした過去から続いています。よほどひどい、悪いことがなされたのを消したかったと思われます。

⑥戦争の原因ともなるエネルギーの問題について

今世界各国で稼動している原発についてです。原発の仕組みは巨大な施設の割には、その原理は簡単で、要するに核燃料で水蒸気を発生させて、その蒸気の力でタービンを回して電気を発生させるというものです。

原理としては水力、火力、風力などでもタービンを回すというものです。要はタービンさえ回せばよいのです。私は物理、化学は全くダメだったのでこの面の知識はゼロです。タービンを回すのに磁石は使えないのでしょうか。

タービンを回す技術が開発されれば、わざわざ原発のような巨大な施設と恐ろしい放射能もない、長大な送電線も必要ない、コンパクトな発電設備ができないものでしょうか。

一家に一台くらいのコンパクトなものが発明されれば、資本主義社会の中で需要が高まると思うのですが、どうでしょうか。

知恵を借りたいところです。

⑦食糧の問題について

世界情勢の変化に合わせて、米軍基地を日本に置くことで最大のメリットを追求して手を打っているアメリカ政府、という印象が強く残ります。おそらくアメリカの戦争に統一指揮権をもって自衛隊を利用してくるものと思います。

私は畑で野菜を栽培していますが、若い農業後継者が今の数で十分なのか、と考えると心配になります。私の方では、日本は戦争できる状態なのか、を調べてみたいです。

「腹が減っては戦はできない」、これは毎日の労働でも同じことです。

『帰還せず　残留日本兵六〇年目の証言』の、第一章「敗走の果てに【インパール作戦〜

タイ編】」で、日本兵の食糧不足や補給不備の様子が次のように書かれています。

「タイ北西部、ミャンマーと国境を接する街メーソット (Mae Sot) に、元日本兵の中野弥一郎《やいちろう》（大正九年生まれ）は暮らしていた。」

「そんな国境の街に、中野ともう一人の元日本兵、坂井勇《さかいいさむ》（大正六年生まれ）が住んでいた。」

「『生まれは、ブラジル・サンパウロ』」

「『一九四〇年の東京オリンピックを見物しようと言うので、家族四人で東京に帰って来た。お父さんとお母さんと、それにお姉さんが一緒にね。』」

「『わしゃあ、籍が日本に入っとったんで、戻って来ると徴兵検査を受けさせられた。』」

「ところが、坂井はブラジルで暮らしてきたことから、日本語がほとんどできなかった。そのことでやたらに『ビンタをとられた』という。」

「『それからビルマに渡って、最後にインパール作戦ね。そこでみんな駄目になっちゃった』」

「坂井の部隊は、野戦病院が設置されている地点まで後退をはじめた。」

「野戦病院に到着してみると、そこには生きた人の姿はなかった。死体の山だった。傷病兵はここに運ばれて来ても手の施しようがなく放置され、衰弱して死を待つしかなかったのだろう。敵の弾に当たって死ぬより、マラリアやコレラによって死んでいく者のほうが圧倒的に多かった。

いったい、何をしに来たんだろう……。坂井は、情けなくなった。」

「坂井自身もマラリアにやられていた。」

「『日本の兵隊は捕虜にはならない。なってはならない』

そう教えられて来たことが理由だった。動けなくなって敵さんの捕虜になるくらいならば、自ら死を選ぶ。大概は小銃の銃口を口にくわえ、足で引金を引く。しかし、そんな死に方ができるのも体力のあるうちだけだった。そんな力さえ、身体が衰弱しきって道端にへたり込んだ兵隊たちには残っていなかったのだ。極度の食料不足と、コレラやマラリアが彼らをそこまで追い込んでいた。」

「しかし、衛生兵だった中野は道端に倒れ込んだ日本兵たちを救うことはおろか、応急処置にあたることすらできなかった。なぜなら、中野自身が重傷を負っていたのだった。」

「無駄な死が多く、避けられた死も多かった。中野は衛生兵として得た知識から、そう感じていた。マラリアにかかると、体力が落ちているので耐えられない。体力が落ちた原因、それは食料不足すなわち補給の不備に他ならなかった。」

この補給の問題は、食料や弾薬の他にも、例えば医薬品、衣類や靴の補給・補充もどうだったのか、という疑問もあります。

補給や輸送という面が軽く見られての作戦計画が立てられたのではないか？　机上の作戦計画ではなかったのか？　そのために多くの避けられた死を招いたのでは！　と思うと読むたびに心が沈みます。

大東亜戦争では南方へ派遣された兵隊の大部分が栄養失調、餓死、病死していて、おそらく戦闘で死んだ人は少なかったのでしょう。インパール作戦で命を落とした多数の日本兵の遺体が積み重なっていた、その撤退道はミャンマーの〝白骨街道〟と名づけられている、という記述があるほどです。この方面の本を読むと心が沈みます。

今の日本の状況で自給できるのは米だけです。しかも、日本では一年に一度しか収穫できません。天候不順になればどうなるのでしょうか。

和食を支える大豆ですが、輸入率は九十パーセントを超えています。みそ、醤油、納豆、豆腐などの原料が輸入頼みです。エネルギーの重要な柱である石油も同じです。かつてアメリカからの石油、くず鉄の輸入をストップされ、開戦に至った経緯もあり、今もアメリカ頼みの状態は変わっていません。従ってアメリカの意向を無視して行動できなくなっている感があります。

私は矢部氏が二〇二五年には米軍基地はいらないとした方針を支持し賛成します。ですが今、二〇二四年になっても事態は変わらず、昨日（六月三十日）のニュースでいよいよ統一指揮権の問題が「日米協力」あるいは「日米合同司令部」の名の元に進められている現実を見て、私としては今後十年かけて日本がアメリカから軍事的に独立する道を探りたいと思います。

それには十年をかける、というものですが、そうすると、占領されてから九十九年、約百年という長きにわたってアメリカに従属してしまうということになってしまいます。しかし、かつてのベトナムは中国から独立するのに千年かかっています。

私は混乱や流血がなく、アメリカからの軍事的独立をすることを目指したいです。その準備期間を十年としたいと思います。そしてそれを実現する上では、アメリカ側の事情より日本の現状があまりにも貧弱です。

まず、日本の現状を知られていません。テレビ、新聞だけを読んで疑わずに (日本人のいいところだと思いますが)、認識しているので、日本が属国であるという事実も伝わっていないように思えます。最近は「何でもアメリカの言いなりになっている」という従属的関係は理解されているようですが、独立という意識も情報もありません。「都合の悪い情報はカットされている」という情報もありません。

18　戦争を無くすにはどうすればいいか（3）

①国境を無くす前に絶対必要なこと

「無所有」という考え方を理解すると、今まで当たり前としていることが当たり前でなくなります。

天動説から地動説の転換に匹敵するかもしれません。もっとも、地球が太陽の周りを回っていると理解しても、現実には毎朝太陽は東から昇り、西へ沈んでいきます。

全人類が地球が回っていることを実感するには宇宙船に乗って見るのが一番早いかもしれません。そうすれば地球全体が誰のものでもないことが一目瞭然に理解することができ、地球表面の領土を奪い合い、殺し合いをしている現実を、全く違う角度から見られるのではないかと思います。

アメリカ先住民が土地を所有するという概念、私有制度を持っていなかったことは明白です。彼らにとって土地は、「母なる大地であり、その大地を切り刻んで自分のものとする」など考えられないことでした。

この歴史から何を学ぶか、ということですが、日本一国だけが国境を廃止したらどうなるでしょうか。無所有で誰のものでもない、となった時、欲に、金に目が眩んだ人達が外国からやってきて、金銀財宝、国宝の仏像などを盗んでいくかもしれません。人間は目が外を見るようについていますが、自分の中身、内面を見るのは難しくなっています。

すべてがタダの世界、といえば、「オレのものはオレのもの、他の人のもオレのもの」と考える人達に、「そういうアナタもタダですよ」、と言っても理解できるかどうか。

無所有ですべてタダだから好きなように使っていい、ということにはなりません。

資格が必要です。社会が混乱し、治安も悪くなり、人々が苦しんだり、傷ついたりすることがあってはいけません。慎重に進める必要があります。

国境が無くなっても人間の集団は残ります。

強力な人間集団が残ります。武器もたくさんあります。その人間集団がどう行動するのでしょうか。かつてのユーラシア大陸でモンゴル帝国が樹立された時はどうだったのでしょうか。

国境もなく、それぞれの村で生活していたはずです。そこに馬に乗った兵士が突然やってきました。争いになり、負けた方は悲惨な目に遭いました。こんなことが繰り返されてはなりません。

強力な人間集団の勝手を許してはなりません。かといって、それを止めさせるようにしないと効果もありません。

新しい世界、新しい社会の秩序の確立が必要だと思っていますが、「新世界秩序」とされる案には反対です。英語表記の“New World Order”は、正しくは「新世界命令」と訳すべきものを「新世界秩序」とわざと誤訳しています。

「命令」と聞けば、誰が命令しているのか気になり、その在り処や、誰が言い出したのか、またはどこから、いつ言い出したのか？　と追求することにつながると思います。

「新世界秩序」と誤訳された時点で、何となく良さそうという先入観が生まれてしまいます。「国際連合」も誤訳です。

United Nations は正しくは「連合国」でしょう。要するに第二次世界大戦の「戦勝国クラブ」に敗戦国の日本が仲間入りを許された、というのが実情ではないでしょうか。

また私は今の「国際連合」の仕組みは崩壊したのではないか、と思っています。もちろん、それに替わる国際的な枠組みがない中で、しばらくは続くと思いますが、今のままでは無理でしょう。

ロシアがウクライナに侵攻したという事実は、安全を保障する大国が侵略戦争を始めたことで破綻したと思っています。

またロシアだけでなく、アメリカもこれまで同じようなことをしてきた、と思っています。

イラクに大量破壊兵器がある、といって軍事侵攻したが「無かった」にもかかわらず、イラク全土を劣化ウラン弾で汚染して、その汚染の浄化や補償もなく、医薬品の援助もしていない。

「湾岸戦争以降、子供たちは再建されない浄水場から送られてくる水を飲み、下痢をして腸チフスが流行した。世界保健機構（ＷＨＯ）の報告によれば、経済制裁が直接の原因で、十五歳以下の子供がなんと六十万人も死んだという。国連は、水の消毒薬や抗癌剤が大量破壊兵器の材料になるとして、イラクへの輸出を制限していた。」

（『内部被曝の脅威』より引用）

安全保障理事国五大国の二ケ国がこの状態です。もしも中国が台湾に武力侵攻したらどうなるのでしょうか。安全保障理事会はその名称を変更して、『言うことを聞かない国は許さない、軍事力を使って言うことをきかせる機構』とでもする方が良いのではないでしょうか。

それよりも、もっと新しい国際的枠組み、「公平、公正、道義」を軸に考えていきたいと思いますがどうでしょうか。

私は国際政治を勉強したことはないのですが、このように考えています。

もっと良い意見を教えて下さい。

②問いの設定、「テーマ」の設定が大事

「戦争はなぜ起こるのか」。このテーマを追求すると、どこまでいっても戦争の原因を探ることになると思います。その原因を無くせば、除去すれば戦争はなくなるのか？　となりますが、現実問題として、その原因を除去できないから戦争が起きている、ということになるのではないでしょうか。

そうではなくて、「戦争をなくすにはどうすればいいか」というテーマを決めます。テーマの立て方、問いの立て方が重要ではないか、そう思います。

「どう生きるのか？」というテーマと「楽しく生きる」というテーマではだいぶ違ってくると思います。もちろん、その時その時の気分で生きる、楽しければそれでいいといったものでは、すぐ落ち込んでしまうことになりそうですが。

本当に楽しい時は楽しいとも思っていない、何かに熱中しているような、そんな気がします。

多くの人の無所有ということへの関心とその社会への参加がなければ実現しません。多くの人の英知も必要だし、もっと良いアイデアも必要です。混乱が起こってはならないし、誰かが不幸になってもいけません。

もちろん一直線には進みません。それほど甘くないです。なぜなら、いまだかつてない新しい社会への歴史を刻むことだからです。

私一人ではどうにもならない、と思いながら一人から始めるしかありません。

あとがき

この本を最後まで読んでいただき、有難うございます。

「無所有」という入口を紹介できればと思って始めたら、私の中にあるさまざまな思いが出てきてしまいました。

無所有の世界というのは広いもので、どこまで紹介できたのか心もとない気がします。例をあげると無所有共用、共生、共活、共栄と続きます（もちろん私も全部理解できていません）。

理屈っぽい文章で、もう少し分かりやすく表現できなかったのか、という反省もあります。

地理を学ぶ学生に紹介した本が二冊あります。一冊目は池田美智子著『対日経済封鎖』（日本経済新聞社刊）です。

この本を読むと、当時の世界はブロック経済で、アジアの独立国はタイ王国と日本の二か国のみでした。イギリス、フランス、オランダ、アメリカの植民地宗主国の了解が無ければアジアの国々に物を売ることはできませんでした。

もう一冊は、ヘレン・ミアーズ女史の『アメリカの鏡・日本』（メディアファクトリー発行）です。

この本は本当に精緻に日本を分析しています。よくぞここまで、と思うくらい日本の自然、歴史、文化などを観察しています。そしてそのまなざしの先にアメリカがあり、アメリカの理想があります。その理想がどこかへ行ってしまったのではないか⁉　と嘆く、本当の意味でこよなくアメリカを愛する彼女の心情が伝わってきます。G・H・Qのマッカーサー元帥がこの本が発売されるとアメリカの政策に不利になるので、発行禁止にした理由も分かります。

地理学の分野で自然地理、人文地理、経済地理、社会地理など多くの分野を総合的に学べると思い、是非一読をお薦めしたい一冊です。

またお願いしたいことがあります。

あとがき

この本の中で「お金のいらない社会は可能か」（1）（2）（3）、「戦争を無くすにはどうすればいいか」（1）（2）（3）としましたが、これはあくまでも私の思い、考え、願いです。この本を読んでもらった読者の方々に是非、「お金の要らない社会は可能か」（4）（5）（6）……、「戦争を無くすにはどうすればいいか」（4）（5）（6）……と続けて書き加えていただきたいのです。よろしくお願いいたします。

最後にこの本が出来上がるまでにお世話になった文芸社の皆様に感謝申し上げます。これまでたくさんの人にお世話になっています。参考文献であげた多くの書籍とそれを書いた著者の皆様からも多くを学んでいます。

果たしてこの本が社会の役に立つのか不安がありますが、少しでもお役に立てることを願ってペンを置きます。

二〇二四年　十月吉日

著　者

参考文献

『知っておきたい「お金」の世界史』宮崎正勝　角川ソフィア文庫
『ほんとうは恐ろしいお金（マネー）のしくみ』大村大次郎　ビジネス社
『お金の流れで探る現代権力史「世界の今」が驚くほどよくわかる』大村大次郎　KADOKAWA
『会計の日本史　その時〝お金〟が歴史を動かした』大村大次郎　清談社Publico
『お金の流れで読む日本の歴史　元国税調査官が「古代～現代史」にガサ入れ』大村大次郎　KADOKAWA
『お金の流れでわかる世界の歴史　富、経済、権力……はこう「動いた」』大村大次郎　KADOKAWA
『英国人記者が見抜いた戦後史の正体』ヘンリー・S・ストークス　SB新書
『英国人記者だからわかった日本が世界から尊敬されている本当の理由』ヘンリー・S・ストークス　SB新書
『アメリカ・インディアン悲史』藤永茂　朝日選書

『インディアスの破壊についての簡潔な報告』ラス・カサス　染田秀藤訳　岩波書店
『アメリカ先住民から学ぶ　その歴史と思想』ＮＨＫカルチャーラジオ　歴史再発見　阿部珠理
ＮＨＫ出版
『アメリカ大統領を操る黒幕　トランプ失脚の条件』馬渕睦夫　小学館
『原発のウソ』小出裕章　扶桑社
『小出裕章が答える原発と放射能』小出裕章　河出書房新社
『原発ゼロ世界へ　ぜんぶなくす』小出裕章　エイシアブックス
『原発廃炉に向けて　福島原発同時多発事故の原因と影響を総合的に考える』エントロピー学会編
日本評論社
『世界の放射線被曝地調査　日本人が知らされなかった真実』高田純　医療科学社
『日本国勢図会　'95／96』財団法人矢野恒太記念会編　矢野一郎監修　国勢社
『日本国勢図会　２０１８／19』公益財団法人矢野恒太記念会編集・発行
『世界国勢図会　'97／98』財団法人矢野恒太記念会編　国勢社
『戦後引揚げの記録』若槻泰雄　時事通信社

『未来への発想法「無欲の想念」が成功をもたらす』政木和三　東洋経済新報社
『気の発見 西野流呼吸法の奇跡　あなたの潜在力が一気に覚醒する』西野皓三　祥伝社
『呼吸力を鍛える　西野流呼吸法』西野皓三　ＰＨＰ研究所
『気の奥義　西野流呼吸法 身体と心が一変し、人生が開ける』西野皓三　祥伝社
『属国・日本論　Born on the Planet of the Apes』副島隆彦　五月書房
『世界国勢図会　２０１４／第十五版』公益財団法人矢野恒太記念会編集・発行
『漫画が語る戦争　戦場の挽歌』水木しげる、かわぐちかいじ他　小学館
『対日経済封鎖　日本を追いつめた12年』池田美智子　日経ＢＰマーケティング
『日本再軍備　米軍事顧問団幕僚長の記録』フランク・コワルスキー　勝山金次郎訳　中央公論新社
『日本はなぜ、「戦争ができる国」になったのか』矢部宏治　集英社インターナショナル
『日本はなぜ、「基地」と「原発」を止められないのか』矢部宏治　集英社インターナショナル
『内部被曝の脅威　─原爆から劣化ウラン弾まで』肥田舜太郎・鎌田ひとみ共著　筑摩書房
『日本人のための宗教原論　あなたを宗教はどう助けてくれるのか』小室直樹　徳間書店
『転生の秘密』ジナ・サーミナラ著　多賀瑛訳　光田秀監修　たま出版

『農協』立花隆　朝日新聞出版
『地震がくるといいながら高層ビルを建てる日本』デュラン・れい子　講談社
『「右翼」と「左翼」の謎がよくわかる本』鈴木邦男　ＰＨＰ研究所
『戦略養豚のポイント』倉田修典　チクサン出版社
『神道の本』三橋健　西東社
『戦後史の正体』孫崎享　創元社
『東南アジア通信　№５　一九八八秋季号　特集 日本の戦争』青山社アジア出版部
『東南アジア通信　№14　一九九一秋季号　特集 日本の戦争（Ⅱ）』東南アジア通信ＳＥＡ
『正論』二〇〇二年十二月号　産経新聞社
『時代の証言者』中国人の防弾チョッキ」邱永漢　読売新聞　二〇一一年七月二十五日号
「中国核実験四十六回　生命・土地・資源犠牲に」産経新聞　二〇〇八年八月十一日号
「ヒトは一日に１０、０００ℓ以上の空気を吸っている」東京新聞　二〇二三年九月十八日号
「１％の超富裕層　資産の37％独占」東京新聞二〇二一年十二月二十七日号
『アメリカの鏡・日本』ヘレン・ミアーズ　伊藤延司訳　㈱メディアファクトリー発売

『東南アジアの歴史　人・物・文化の交流史 新版』桐山昇、栗原浩英、根本敬　有斐閣
『韓国軍はベトナムで何をしたか』村山康文　小学館
『帰還せず　残留日本兵六〇年目の証言』青沼陽一郎　小学館
『50年目の日本陸軍入門』歴史探検隊　文藝春秋
『誰でも簡単にできる！　川口由一の自然農教室』川口由一監修　新井由己・鏡山悦子著　宝島社
『固定種野菜の育て方』野口勲・関野幸生　創森社
『報道が教えてくれないアメリカ弱者革命』堤未果　新潮社

著者プロフィール

関口　喜久（せきぐち　よしひさ）

1949（昭和24）年10月21日生まれ
埼玉県出身
明治大学二部文学部史学地理学科中退
1973年　三重県津市にあるヤマギシズム生活実顕地本庁に参画
2005年　ヤマギシズム社会実顕地を退会。川越市にて訪問介護ヘルパーとして働く
2010年　介護福祉士の資格を取得
2013年　訪問介護事業所を退職。自然栽培の農業を始め、現在に至る

無所有という考え方

2024年12月15日　初版第１刷発行

著　者　関口　喜久
発行者　瓜谷　綱延
発行所　株式会社文芸社
〒160-0022　東京都新宿区新宿1－10－1
電話　03-5369-3060（代表）
03-5369-2299（販売）

印刷所　株式会社フクイン

ISBN978-4-286-25868-3　　JASRAC 出 2407809 － 401